U0926188

THE INVISIBLE MAN

H. G. WELLS

隐身人

［英］赫伯特 · 乔治 · 威尔斯 / 著　顾忆青 / 译

天津出版传媒集团
天津人民出版社

果麦文化 出品

赫伯特·乔治·威尔斯（一八六六——一九四六）

目　录

第 一 章　神秘来客 …… 001

第 二 章　泰迪·汉弗瑞先生的初次印象 …… 009

第 三 章　数不胜数的瓶子 …… 016

第 四 章　卡斯先生拜见陌生人 …… 024

第 五 章　牧师寓所失窃 …… 034

第 六 章　家具皆发狂 …… 037

第 七 章　陌生人现形 …… 043

第 八 章　逃逸途中 …… 055

第 九 章　托马斯·马维尔先生 …… 056

第 十 章　马维尔先生造访艾平 …… 065

第十一章　在车马旅店 …… 069

第十二章　隐身人大发雷霆 …… 074

第十三章　马维尔先生告辞 …… 082

第十四章　斯托港畔 …… 086

第十五章　奔跑者 …… 094

第十六章　在快乐板球手旅店 …… 097
第十七章　肯普博士的访客 …… 103
第十八章　隐身人沉睡中 …… 115
第十九章　几项基本原理 …… 121
第二十章　寄居大波特兰街 …… 129
第二十一章　在牛津街 …… 144
第二十二章　在百货商场 …… 152
第二十三章　在德鲁里巷 …… 160
第二十四章　计划破产 …… 174
第二十五章　追捕隐身人 …… 180
第二十六章　威克斯蒂德谋杀案 …… 184
第二十七章　围攻肯普住宅 …… 190
第二十八章　咎由自取 …… 203
尾声 …… 211
译后记 …… 214

第一章　神秘来客

那是二月初的一个冬日，整片丘陵地带迎来一年中的最后一场雪。刺骨寒风之中，一个陌生人戴着厚手套，拎着一只黑色小手提箱，顶着漫天飞雪，从布兰伯赫斯特[1]火车站走来。他浑身上下裹得严严实实，头戴一顶柔软的毡帽，帽檐几乎遮住整张脸，只露出明晃晃的鼻尖。雪花飘落在他的肩膀和胸前，手提箱也蒙上洁白的积雪，显得愈加沉重。只见他跌跌撞撞地闯进车马旅店，一副冻得半死不活的模样，把手提箱往地上一扔。“快生把火，”他嚷道，“行行好吧！给我开间房，再生把火！”他在吧台边跺了跺脚，抖去身上的积雪，随即跟着霍尔太太步入客房去商谈房费。听罢价目介绍，他爽快地表示接受，并将两枚金镑[2]往桌上一抛。就这样，他在这家旅店安顿下来。

1　布兰伯赫斯特（Bramblehurst）：威尔斯虚构的地名，但英国一八八一年人口普查中曾有一块住宅区以此命名，位于西萨塞克斯郡东格林斯特德（East Grinstead）。

2　金镑（sovereign）：旧时英国货币，面值一英镑。英国早期使用储备黄金铸造货币，因而得名。

霍尔太太燃起炉火，将这个陌生人留在客房，便亲自下厨去给他准备饭菜。在这隆冬时节能有人来艾平[1]投宿，简直是破天荒的好事，何况来客颇为慷慨，不爱“讨价还价”。因此她决心好好招待一番，绝不辜负这份好运气。熏肉已下锅，她像往常一样数落了几句慢手慢脚的女佣米莉，让她勤快一点。说着，霍尔太太将桌布、餐盘和玻璃杯端进客房，热火朝天地张罗起来。尽管壁炉烧得正旺，但她惊讶地发现，这位来客依然头戴毡帽，身披外套，背对着她站在那里，凝神注视着窗外庭院里的落雪。他戴着手套的双手紧握在身后，似乎正陷入沉思冥想。霍尔太太还看到，他肩上残留的积雪已经融化，雪水滴落在地毯上。“先生，您方便把帽子和外套给我吗？”她说，“我拿去厨房烘烘干？”

“不必了。”他答道，却并未转身。

她没太听清，正打算再问一声。

他回过头，目光越过肩膀看着她，并且加重了语气：“我更愿意这样穿着。”霍尔太太这才注意到，他戴着一副蓝色护目大眼镜[2]，两边还装有侧镜。一脸络腮胡耷拉在大衣领

---

1 艾平（Iping）：西萨塞克斯郡的村庄，两英里之外（1英里约为1.61公里）便是米德赫斯特（Midhurst）。一八八〇年，威尔斯曾在米德赫斯特求学任教。

2 蓝色护目大眼镜：维多利亚时代，人们使用蓝色镜片来抵御日光照射，尤其是眼睛敏感人士，会佩戴蓝色护目镜。

口，完全挡住脸颊，难以看清他的面容。

“好吧，先生，”她说，“随您的便，反正屋里很快就会暖和起来。”

他默不作声，再次回过头去。霍尔太太感到自己有些不识趣，便匆匆将手中的餐具摆在桌上，快步走出客房。当她返回客房时，那陌生人依然站在那里，恍如一尊石像。他驼着背，衣领向上翻起，滴着雪水的帽檐往下塌着，将其脸庞和双耳统统遮盖起来。霍尔太太把鸡蛋和熏肉往桌上重重一放，对他喊道——已非先前的口吻：“先生，您的午饭好了。”

“谢谢。”他随即应道。可是，在霍尔太太关门离开之前，他始终一动不动。而等到门一关，他便迫不及待地转过身，走到桌边。

当霍尔太太绕过吧台走进后面的厨房时，她听到一阵声响有规律地重复着。咔哧，咔哧，咔哧，那是勺子快速搅动汤盆的刮擦声。“这姑娘！”她嚷起来，“哎呀！我差点忘了，怎么磨蹭这么久！”一边搅拌着芥末酱，一边厉声数落起米莉来，嫌她实在慢手慢脚。自己早已煮好熏肉鸡蛋端盘上桌，一切都准备就绪，可米莉呢（亏她还是个帮手），连芥末酱都没拌好。何况来者是一位新客，还打算住在这里！不久，她便将芥末罐装满，煞有介事地放在黑色镶金的茶盘里，端进客房。

她敲了敲门，随即步入屋内。就在这时，那位客人的身影迅速一晃，她只瞥见一个白色物体瞬间消失在餐桌背后，似乎他正从地板上捡起什么东西。她把芥末罐啪的一声放在桌上，这才发现他脱下的大衣和毡帽搁在壁炉前的椅子上，一双湿漉漉的靴子在壁炉围挡上高高挂起，这恐怕会使那些钢条生锈。她果断走上前去。“想必现在我可以拿去烘干了吧。”她以不容争辩的口吻说道。

“别碰帽子。”那客人转过身来，瓮声瓮气地吼道。霍尔太太见他抬头端坐在那里，正注视着她。

一时间，她惊慌得哑口无言，愣在原地朝他望去。

他用一块白布——这是他随身携带的餐巾——捂住下半张脸，将嘴巴和下巴彻底遮盖，难怪他的声音如此含糊不清。不过，这并非霍尔太太惊慌失措的肇因。真正令她愕然的是，在他那蓝色眼镜上方，整个额头都缠绕着白色绷带，双耳则裹在另一条绷带里，整张脸唯一可见的只有肉粉色的尖鼻子。那鼻子明晃晃的，与他刚进屋时一样透着红光。他身着一件深褐色丝绒夹克，黑色亚麻衣领高高立起，与脖颈齐平。浓密的乌发从交缠的绷带之间漏出，像是长着尾巴，又似生出犄角，模样古怪至极，简直超乎想象。这副捂着脸颊、裹着绷带的面容，完全出乎霍尔太太所料，她不由吓得愣在一旁。

那人并未放下餐巾，仍然捂着自己的脸。就在这时，她发现他戴着一副棕色手套，正透过神秘莫测的蓝色眼镜盯着她看。“帽子放下。”尽管隔着白布，他的声音却清晰可辨。

霍尔太太这才逐渐从极度震惊中回过神来，她把毡帽放回壁炉旁的椅子上。“我并不知道，先生，”她开口说道，“那——”她尴尬地欲言又止。

“谢谢。”那人冷冷地说，朝门口瞧了瞧，目光又回到她身上。

“我会把它们好好烘干的，我马上就去，先生。”说完，霍尔太太就捧着他的衣服离开房间。出门的时候，她又瞥了一眼他那裹着白色绷带的脑袋和蓝色护目眼镜，而那人仍然用餐巾捂着脸。她伸手关门时，不禁打了个寒战，脸上满是惊恐和疑惑。“我从没见过，”她喃喃低语，“太奇怪了！”她蹑手蹑脚地回到厨房，心中仍念叨着刚才发生的一切，根本无心过问米莉此时究竟在磨蹭些什么。

这位陌生来客坐在桌边，听着她愈渐远去的脚步声。他不放心地朝窗外张望一番，才放下手中的餐巾，吃起饭来。吃下一口，满腹狐疑地向窗外一瞥，接着又吃一口，然后站起身，手里捏着餐巾，穿过房间，把百叶窗往下拉，直到能覆盖白色细纱窗帘。那窗帘已经遮挡了下方的窗玻璃，屋内顿时变得昏暗起来。他这才定下心来，继续用餐。

“这个可怜虫想必出过事故，或是动过什么手术，”霍尔太太自言自语，“说真的，那些绷带可把我吓坏了！”

她添了些煤，打开晾衣架，把客人的外套摊在上面。“还有那副眼镜！天哪，瞧他那脑袋，哪里像个人，倒像是一顶潜水头盔！”说着，她把客人的围巾挂在晾衣架的一角。“他还一直拿手帕捂着嘴。连说话时也捂着……莫非他的嘴巴也受过伤——很有可能。”

突然间，她转过身，像是想到些什么。“我的上帝啊！”她话锋一转，喊了起来，“米莉，土豆到底烧好没有？”

当霍尔太太回来收拾餐具时，她的猜想得到了证实。那人的嘴巴肯定也被割伤过，或是他在事故中破了相。霍尔太太在客房的这段时间里，原本抽着烟的他，始终用那块丝质手帕捂着下半张脸，并未将烟斗送进嘴里。他绝非忘记自己在抽烟，因为霍尔太太看到，烟丝燃尽时，他还瞥了一眼。他背对遮光帘，坐在角落里。酒足饭饱之后，浑身暖和了许多，因而说起话来已不像先前那样咄咄逼人。在炉火的映照下，他那副大眼镜上红光闪烁，显出几分前所未有的活力。

“我有几件行李，”他说，“在布兰伯赫斯特车站。”并问她如何才能叫人送来。听完霍尔太太的解释，他彬彬有礼地点了点缠着绷带的头，以示感谢。“明天？”他问，“能再快些送来吗？”听闻她说“不行”时，他显然有些失望。她敢肯定吗？难道没有马车顺道经过这里去车站吗？

对他的疑问，霍尔太太欣然作答，于是两人就这样攀谈起来。“先生，穿过丘陵的那条路十分陡峭，”她如是回答有关马车的问题，继而打开话匣子，“一年多前，有辆马车在那里翻车了。除了车夫，车上那位绅士也死了。先生，意外随时都有可能发生，您说是吗？”

听罢，这位客人却不为所动。“是的。”他说着，一边用餐巾捂住嘴，一边透过那副神秘莫测的眼镜，悄悄打量着她。

“但需要很久才能恢复过来，可不是吗……就拿我的外甥汤姆来说，他在田里玩耍，不慎跌了一跤，摔在镰刀上，手臂被割破了。天哪！包扎好，三个月都不能动弹，先生。说来您也不会相信，现在我一见到镰刀就害怕，先生。”

“我很能理解。”客人说。

“他还曾一度担心自己要开刀——他伤得可不轻，先生。”

客人突然一声大笑，声如犬吠，仿佛要张口咬人。“他很担心吗？”他问。

“是啊，先生。对他们而言，这可不是闹着玩的。当时我姐姐正忙着照顾其他几个年幼的孩子，只得我来——一会儿缠上绷带，先生，一会儿又要解开。我可否斗胆问一声，先生——”

“可以给我拿些火柴吗？”客人突然打断说，“我的烟斗灭了。”

霍尔夫人就此打住。她说了这么多，却遭到如此无礼的回应。一时间，她愤懑不平，可随即又想起那两枚金镑，便转身去取火柴。

“谢谢。”当她放下火柴时，那人吐了两个字，背朝她转过身，再次望向窗外。这简直令人扫兴至极。显然，他对于手术和绷带这类话题颇为敏感，霍尔太太终究没有“冒昧开口”。然而他那种目中无人的态度让她怒火中烧，当天下午米莉免不了成为出气筒。

这个陌生人在客房里一直待到下午四点，其间没给任何人打扰他的机会。多数时候，他一声不吭地坐在那里。暮色渐深，在炉火的映照下，他似乎在抽烟——又仿佛在打盹。

倘若有人竖起耳朵，或许有一两次能听见他给壁炉添煤，屋内还传出过来回踱步的声响，约有五分钟光景，他似乎在自言自语。随即，扶手椅咯吱一声，他又坐下身来。

第二章　泰迪·汉弗瑞先生的初次印象

下午四点，已是日暮时分。霍尔太太鼓起勇气，打算进屋问问那位客人是否要喝茶。就在这时，钟表匠泰迪·汉弗瑞来到吧台边。“我的天哪！霍尔太太，”他说，“这鬼天气，穿薄靴子简直要命！”外面的雪越下越大。

霍尔太太深表赞同，转身瞧见他带着工具包。“你来得正好，泰迪先生，”她说，“我想请你看一看客房里那座古董钟。钟倒是能走，而且敲得又准又响，可时针却失灵了，总是指着六点。”

她领着钟表匠来到客房门口，敲了敲门，便往里走。

她推开房门，发现那位客人正靠在壁炉前的扶手椅上，似乎在打盹，缠着绷带的脑袋垂在一边。屋内仅剩的光源便是壁炉中的火光，以及开门时洒下的落日余晖。那炉火照亮他的双眼，仿佛铁路禁行信号一般，垂头丧气的脑袋则埋在暗影之中。她一眼望去，一切都泛着红光，晦暗不明，若隐若现，加之她刚打开过吧台灯，更觉两眼昏花。然而刹那间，她似乎觉得眼前那个人的嘴巴张得硕大无比——简直大得出奇，将他的下半张脸完全占据。头缠白布，眼戴巨镜，还有下面那张血盆大口。此情此景一晃而过。随即，他的身体动了一下，从椅子上蓦地坐起，举起手来。霍尔太太把门敞开，屋内顿时更加亮堂，她这才终于看清他用围巾盖住的脸，如同先前用餐巾捂着时一样。她暗自思忖，刚才也许是光线昏暗造成的错觉。

“先生，这人来修钟，您不介意吧？”她从一时惊吓中回过神来，说道。

“修钟？”他睡眼惺忪地朝四周张望，隔着捂嘴的手问道。很快，他便彻底清醒：“当然可以。”

霍尔太太走出客房去取灯，那人站起身来，伸了个懒腰。很快，灯取来了。泰迪·汉弗瑞先生刚进屋，迎面就碰见这个绷带怪人。如他自己所述，他当时“吓了一跳”。

“下午好。”陌生人望着他，招呼道——拿汉弗瑞先生的话来说，那人戴着一副深色眼镜——活像“一只龙虾”。

“但愿……”汉弗瑞先生说，“没打扰到您。”

“一点也没有。”陌生人说。“可是，我没记错的话，”他转身对霍尔太太说，“这个房间的确是归我私人使用的。”

“我以为，先生，”霍尔太太说，“您应该愿意把钟——”她正打算说“修好”。

“当然，”陌生人说，“当然——但通常而言，我习惯独处，不受任何干扰。”

“不过，我很乐意有人能来修一下这座钟。”他见汉弗瑞先生有些踌躇，便如是说道，“很乐意。”汉弗瑞先生本打算道个歉就走，但对方这番话让他又定下心来。陌生人转过身，背对着壁炉，双手置于身后。“过会儿，”他说，“钟修好之后，我想喝点茶。等钟修好之后再拿来。”

霍尔太太正要离开——这回她并未主动搭讪，她可不希望在汉弗瑞先生面前遭人冷落——客人却问她去布兰伯赫斯特车站取行李之事是否已安排妥当。她告诉他，已经向邮差关照此事，明天搬运工就会把行李送来。“不能再早些了吗？”他问。

霍尔太太点点头，显得有些冷漠。

“我该解释一下，”他补充道，“刚才我实在又冷又累，没来得及提起，我是一名实验科学家。”

“原来如此，先生。”霍尔太太回应道，不禁心生敬意。

“我的行李中有许多设备和器材。”

“肯定都能派上用场，先生。”霍尔太太说。

“况且我得继续我的研究工作，因而非常着急。”

“那当然，先生。”

“我之所以来到艾平，”他郑重其事地往下说，“是……想觅得清净。我不希望在工作时被打扰。除了工作原因，还因为一场事故——”

“正如我所料。”霍尔太太喃喃自语。

"——我必须适当静养。我的眼睛——时常酸痛不已，我不得不一连几小时把自己关在暗处，一个人锁在房间里，有时——甚至总是如此。当然，现在并不需要。在那种情况下，哪怕一丝一毫的干扰，比如有陌生人走进房间，都会使我不堪忍受——这一切希望你们能体谅。"

"当然，先生，"霍尔太太说，"我可否冒昧问一句——"

"我想，我已经说得够清楚了。"陌生人语气坚定，摆出一副不容置疑的神情。霍尔太太只得收起怜悯之心，把疑问咽下肚，择机再提。

据汉弗瑞先生后来回忆，霍尔太太离开以后，那人始终站在壁炉前，盯着他修理时钟。汉弗瑞先生不但拆下指针和外壳，还取出内部零件。他尽可能放慢手脚，声音轻些，避免动静过大。他干活儿时紧靠着灯，那绿色灯罩投射出一道夺目的光线，洒在他手上，也将钟架和齿轮照亮，而屋内其余地方则笼罩在昏暗之中。他抬头张望，只见斑驳的光影在眼前摇曳。由于生来好奇，于是他索性将时钟的零件悉数拆除——实际毫无必要——心里盘算着可以拖延时间，说不定能与这个陌生人攀谈几句。可陌生人纹丝不动，始终一言不发地站在那里，如此安静，这让汉弗瑞有些惶恐。他在房间里颇感寂寞，便抬起头来。昏暗之中，他依稀看见缠着绷带的脑袋，还有那副硕大的蓝色眼镜，正直勾勾地盯着他，镜片前面还飘浮着迷雾般的绿色光点。如此景象令汉弗瑞深觉不可思议，两人就这样面面相觑，足足对视了一分钟。随后，汉弗瑞又低下头来。这种处境实在令人尴尬！总得找几句话说说。他要不就说，最近这天气，比往年冷得多？

他抬起头，仿佛想就此打开话题。“这天气——”他刚开口。

“你为何不修完赶快离开？”那个僵直的身影发话了，显然在竭力压制心中的怒火，“你要做的不就是把时针固定在轴心上嘛。我看你简直就是在装腔作势——”

“您说得没错，先生——一分钟就好，我没注意——”汉弗瑞先生干完活儿就起身走了。

但看得出来，他离开时极度恼火。“该死！”汉弗瑞先生自言自语。他踏着逐渐消融的积雪，步履蹒跚地穿过这个村庄。“总得把钟修一修，何错之有？”

他接着说：“看你一眼都不行？——丑八怪！”

继而，他又嘀咕了一句：“那就不看吧。假如警察找上门来，你包裹得再严实也没用。”

在格利森街的拐角处，他碰见霍尔先生。霍尔先生最近刚与车马旅店的女店主结婚，就是招待陌生人的那位太太。每当有人需要搭车去锡德桥枢纽站时，霍尔先生就会从艾平驾驶马车去接送，此刻，他正从那里回来，两人迎面相遇。从那赶车的架势来看，霍尔先生显然在锡德桥“逗留过一阵”。“嘿，你好吗，泰迪？”他边说边驾着马车经过。

“你家里来了个怪客！”泰迪说。

霍尔一脸从容地勒住缰绳。“怎么回事？”他问。

“有个模样古怪的客人住在车马旅店，”泰迪告诉他，“我的天哪！”

随即，他绘声绘色地向霍尔描述起这个怪客来。“看上去乔装打扮过，我应该没说错吧？倘若有人要待在我的地盘，那我可得瞧瞧他的模样，”泰迪说，“但女人们会盲目轻信——很容易就相信陌生人。他已经住进你的屋子，却连名字都没说，霍尔。”

“不至于吧！”霍尔说，他这人总是后知后觉。

“千真万确，”泰迪说，“房租按周计算。无论他是什么人，这周之内你都无法赶他走。而且明天还有一大堆行李要运来，这是他自己说的。但愿行李箱里装的不是石头，霍尔。”

他告诉霍尔，他有个住在黑斯廷斯[1]的姨妈，曾被一个陌生人用空箱子诈骗过。这么一说，霍尔感到疑惑重重。“我们走，好家伙，”霍尔喊道，“我想我必须得弄个明白。”

泰迪这才如释重负，继续蹒跚着向前赶路。

然而霍尔回家以后并没能如愿以偿“弄个明白”，反倒被妻子痛骂一顿，因为他在锡德桥耽搁了太久时间。他好声好

1　黑斯廷斯（Hastings）：英国东萨塞克斯郡的海滨城镇，是一〇六六年黑斯廷斯之战的发生地。

气地问话，得到的却是妻子疾言厉色的答复，而且根本就是答非所问。尽管有些丧气，但泰迪在霍尔先生心中播下的怀疑种子已然生根发芽。“你们女人什么都不懂。”霍尔先生嘀咕道。他决心一有机会，非得把这个怪客的身份弄清楚不可。大约九点半光景，那个陌生人已经上床睡觉，霍尔先生气势汹汹地闯进客房，逐一扫视妻子的家具，无非想表明陌生人绝非这栋房屋的主人。他又端详起陌生人留下的一张数学演算稿纸，露出嗤之以鼻的神色。夜晚临睡前，他叮嘱霍尔太太，明天客人行李送来时，务必仔细查看。

“管好你自己的事吧，霍尔，”霍尔太太说，“我的事我自己来管。”

她恨不得再痛骂霍尔先生几句，因为那陌生人无疑是个古怪的家伙，连她自己也摸不透对方的底细。午夜时分，她突然惊醒过来。原来，她梦见一个硕大的白色脑袋在身后紧追不舍。那脑袋形似芜菁，镶嵌着两颗巨大的黑眼珠，长在不计其数的脖子上。不过，霍尔太太是个沉着冷静的人，她抑制住心中的恐惧，翻了个身，继续沉沉睡去。

第三章　数不胜数的瓶子

二月二十九日[1]，冰雪开始消融。正是在那天，这个神秘怪客不知从何处来到艾平。翌日，他的行李碾过一路泥泞的雪水送达这里。那行李的确与众不同。其中有两个大箱子，这不足为奇，普通人也可能会用到；但另外有一箱书——那些书又大又厚，不少是难以辨认的手抄本——还有十几个木箱、纸箱和皮箱，里面装满了用麦秸秆捆扎的物件，霍尔出于好奇曾翻扯过，看起来像是——玻璃瓶。此时，霍尔正在一旁闲谈，打算帮着把行李搬进去。只见陌生人戴着毡帽和手套，裹着大衣和披风，似乎有些不耐烦地走出来，见到费伦赛德的马车，便立刻迎上前去。他走出门外，未曾留意费伦赛德的狗，它正漫不经心地嗅着霍尔的腿。“快来，把箱子搬下来，”他喊道，“我等得够久了。”

他跨过台阶，朝车尾走去，似乎想伸手去拎几个小箱子。

1　二月二十九日：这处时间表述与第一章开篇的“二月初”存在出入，可能是笔误。

然而费伦赛德的狗一瞧见他，便毛发倒立，狂吠不止。当他急匆匆冲下台阶时，那狗猛地一跃而起，朝他的手直扑过去。“滚开！”霍尔大叫一声，向后跳开，因为他素来怕狗。费伦赛德吼道：“趴下！”并一把抓过皮鞭。

众人看到，狗的牙齿刚咬住陌生人的手，就被一脚踹开。又见那狗侧身一跃，正好咬住陌生人的小腿，只听“嘶啦”一声，裤腿被撕破了。这时，费伦赛德挥起的皮鞭，已经落在他的爱犬身上，那狗嗷嗷直叫，垂头丧气地躲到车轮底下。这一切突如其来，不过半分钟的工夫。众人还未张口说话，纷纷惊叫起来。陌生人迅速瞥了一眼破损的手套和裤腿，似乎想弯腰去摸，却又转身快步跨过台阶，冲进旅店。他们听见他径直穿过走廊，奔上未铺地毯的楼梯，进了房间。

“你这畜生，你！”费伦赛德边骂边爬下马车，手里还拿着皮鞭，他的狗则躲在车轮后望着主人。“过来，”费伦赛德喝道，“老实点。”

霍尔站在原地，惊得目瞪口呆。“他被咬了，”霍尔说，“我最好去看看他。”说着，霍尔朝陌生人一路追去，在走廊里遇见霍尔太太。“搬运工的狗，”他说，“把他给咬了。”

霍尔直奔上楼，陌生人的房门半掩着，出于本能的同情心，他顾不得讲究礼节便推门而入。

只见窗帘低垂，屋内一片昏暗。霍尔眼前出现了最光怪陆离的一幕，仿佛一只无手的胳膊朝他挥来，还有一张白色脸庞，露出三个影影绰绰的巨大斑点，好像一朵浅紫三色堇。忽然，他感觉胸口被猛击一拳，不禁踉跄着朝后退去，门砰的一声在他面前关闭，并上了锁。一切发生得如此突然，他根本没来得及看清。他只记得，不知何物从眼前一晃，接着是一记重拳，顿时眼冒金星。黑暗中，他站在狭窄的楼梯口，颇感纳闷，刚才究竟是怎么回事。

几分钟后，他回到车马旅店门外聚集的人群之中。费伦赛德又从头至尾将事情的经过描述一番；霍尔夫人埋怨说，他的狗不该咬她的客人；对面杂货店的老板哈克斯特，赶过来问东问西；铁匠铺的桑迪·韦杰斯则像法官似的，在那里评头论足；此外，还有不少女人和孩子，都在七嘴八舌地说着蠢话："我可不会让它咬到，我敢肯定。""根本不该养这种狗。""话说，那狗干吗要咬他呢？"诸如此类。

霍尔先生站在台阶上，打量眼前这些人，听着他们"高谈阔论"，觉得刚才楼上发生的怪事，实在令人难以置信。况且，他不善言辞，不知该如何描述自己的所见所闻。

"他说，他不用别人帮忙，"他回答妻子的问话时说，"但我们还是帮他把行李搬进来吧。"

"他应该立刻把伤口灼烧一下，"哈克斯特先生说，"尤其是伤口发炎的话。"

“换作是我的话，我会开枪打死它。”人群中的一位女士说。

突然，那条狗又狂吠起来。

“快来。”门口传来一个怒气冲冲的声音，只见蒙着面的陌生人站在那里，他衣领上翻，帽檐低垂，“你们快把东西搬进来，越快越好。”一位不具名的路人回忆说，他已经把裤子和手套全换了。

“先生，您受伤了吗？”费伦赛德问，“真对不起，我这狗——”

“一点事都没有，”陌生人说，“连皮肤都没破。快搬东西吧。”

据霍尔先生事后讲述，陌生人当时暗自咒骂过几句。

按照陌生人的指示，第一只木箱直接被搬进客房。他急不可待地扑上前去解开包裹，把麦秸秆撒了一地，根本没顾及霍尔太太的地毯。紧接着，他从里面取出形形色色的玻璃瓶——包括盛着粉末的小圆瓶，装着有色和无色液体的细长瓶，贴着“有毒”标签的蓝色条纹瓶，还有圆口瓶、绿色大号玻璃瓶、白色大号玻璃瓶，以及带玻璃塞和磨砂标签的瓶子、带细软木塞的瓶子、带橡皮塞的瓶子、带木盖的瓶子、葡萄酒瓶、沙拉油瓶——把它们放在碗橱上、炉架上、窗台边的桌子上、地板上和书架上——到处都是。恐怕布兰伯赫斯特药房里的药瓶都不及这里的一半多，真是蔚为壮观。一箱又一箱玻璃瓶被陆续取出，直到最后，六个木箱空空如也，麦秸秆高高地堆在桌子上。木箱里除了瓶子之外，还有许多试管和一架精心包裹的天平。

木箱悉数打开之后，陌生人走到窗前开始工作。他丝毫不顾凌乱不堪的麦秸秆堆，亦不关心行将熄灭的炉火，就连放在屋外的书籍，以及扛上楼来的其他箱子和行李，也都一概置之不理。

当霍尔太太把晚餐端进屋时，他正全神贯注地将玻璃瓶里的液体滴进试管，根本没有注意到她的到来。当她把麦秸秆堆收拾干净，发现地上依然一片狼藉，于是把托盘摆上桌时，故意手脚稍重一些，陌生人这才注意到她。他侧过头来，又立即转了回去。但霍尔太太注意到，他已经摘下眼镜，放在旁边的桌上，似乎他的眼眶空洞得有些异乎寻常。他重新戴上眼镜，然后转身面对她。霍尔太太正要抱怨散落一地的麦秸秆，不料他却抢先开口。

“我希望你进屋前先敲门。”他怒气冲冲地吼道，这似乎是他一贯的口吻。

“我敲了，可好像——”

“或许你是敲过了。但我正在进行研究——你不知道我的这些研究有多紧迫、多必要——哪怕是丝毫的干扰，比如开门的响动——我必须提醒你——”

“明白，先生。如您所知，若您愿意的话，完全可以锁上门。随时可以。”

“好主意。”陌生人说道。

“恕我冒昧，先生，这些麦秸秆——”

“别说了。要是这些麦秸秆太碍事，就算我账上吧。”他朝霍尔太太咕哝几句——又像是在咒骂。

他实在是个怪人，一副盛气凌人、怒不可遏的模样站在那里，一手拿着瓶子，一手提着试管，使霍尔太太不由得惊慌起来。可她毕竟是个从容果断的女人：“既然这样，我想知道，先生，您认为是多少——”

“一先令[1]——这一先令先记账上。一先令总够了吧？”

“那就这样吧，”霍尔太太一边说着，一边拿起桌布铺在桌子上，“如果您满意，当然——”

他转过身去坐了下来，背朝着她。

整个下午，他始终锁着门在工作。正如霍尔太太所述，大部分时候，房间里鸦雀无声。只听见有一回房间里传来一声震动，还有瓶子碰撞的声响，像是桌子遭到撞击，玻璃瓶猛地砸碎在地，接着是一阵来回踱步声，听上去很是急促。霍尔太太担心“出什么事”，便走到门边侧耳细听，却并未敲门。

---

1 先令（Shilling）：英国旧辅币单位，相当于一英镑的二十分之一，即十二旧便士。

“我实在干不下去了，”他咆哮起来，“我不能再这样下去了。三十万，四十万！简直是天文数字！上当了！这得耗费我一辈子精力……镇定！必须要镇定……傻瓜！笨蛋！”

这时，吧台地砖上传来一阵钉鞋走动的声响，霍尔太太只好不情愿地离开，徒留陌生人继续自言自语。当她回来时，房间里又归于沉寂，唯有椅子吱吱作响，偶尔还能听见玻璃瓶碰撞的叮当声。一切恢复正常，陌生人已重新开始工作。

当她端茶进去时，看见墙角的凹面镜下有碎玻璃，还有一块匆匆抹去的金色污渍。她提醒陌生人注意。

“也记在账单上，”那客人厉声说道，“看在上帝的分上，别来缠着我。如果我造成任何损害，记在账单上就行。”然后就继续在面前草稿本上的一个列表上勾画着。

“我来给你们讲一件事情。”费伦赛德神秘兮兮地说。此刻是傍晚时分，众人聚集在艾平一家小小的啤酒馆里。

“什么事？”泰迪·汉弗瑞问。

“你提起过的那个家伙，就是被我的狗咬的那位。嗯——他是个黑人。至少，他的腿是黑的。我从他的裤腿和手套裂缝里看出来的。你们以为会露出肉红色的皮肤，对吧？可是——并非如此，是黑色的。说实话，就和我的毡帽一样黑。”

“我的天哪！”汉弗瑞喊道，“那简直太奇怪了。为何他的鼻子是粉红色的，像涂过胭脂似的！”

“这倒也是，”费伦赛德说，“我知道了。告诉你我的想法，他的肤色是黑白相间的，泰迪。黑一块，白一块——斑斑驳驳，他觉得羞于见人。他是个混血，可肤色没有混合好，像斑点一样，参差不一。我以前听说过这样的事，这在马的身上很常见，大家都知道。”

第四章　卡斯先生拜见陌生人

我在前文中详细交代了陌生人来到艾平的经过，以便读者对他给众人留下的古怪印象有所了解。在圣社节[1]这个非同寻常的时刻到来之前，若非发生两桩怪事，他在艾平逗留期间的情形本可一笔带过。他曾因为旅店的种种规章与霍尔太太有过几次争执，但每回都用额外付账的说辞，轻而易举地摆平一切。此番状况一直维持到四月末他初次流露出拮据的迹象。霍尔先生对这个房客颇为反感，一旦逮到契机就怂恿太太将他撵走。不过，平日里只是装作若无其事，尽可能避免与陌生人正面相遇。"等到夏天吧，"霍尔太太一副高高在上的口吻说道，"那时候画家[2]们都回来了。我们再想办法。他的确有些蛮不讲理，但不管怎么说，他的房钱总是按时支付的。"

1　圣社节（Club Festival）：英国西萨塞克斯郡的传统节庆活动，通常在圣灵降临节前后举办教堂弥撒、圣餐会和乡村集市等活动。

2　画家：此处呼应威尔斯的短篇小说《哈默庞德公园盗窃案》（*The Hammerpond Park Burglary*，一八九四）。其开头与《隐身人》颇为相似。同样是在车马旅店里，有个盗贼为了掩人耳目，自诩为"风景画家"。

陌生人从不去教堂，周日对他而言与其他时候毫无差别，甚至连着装也无须更换。正如霍尔太太所料，他工作起来时断时续。有时候，他会早早下楼，然后回房一直忙个不停。而有时候，他却起床很晚，在屋内来回踱步，整日焦躁难耐，还会不停抽烟，在火炉旁的扶手椅上打盹。他与村子外面的世界没有任何联系。他依然喜怒无常，举手投足间总像是蒙受着不堪忍受的刺激。有一两回，他大发雷霆，竟动起武来，将屋里的东西砸得稀烂、撕得粉碎。长久以来，他的暴烈性情始终未变，而且越发喜欢低声独语。霍尔太太时常侧耳偷听，却终究听不出个所以然。

陌生人白天很少外出，而日落之时，无论天气冷暖，他都会穿戴严实走到屋外，钻进人迹罕至的僻静小路，或是树荫浓密、堤岸环绕的幽深岔道。他那副圆鼓鼓的眼镜和帽檐下缠着绷带的面孔，如同鬼魅一般从黑暗中突然闪现，将一两个干完活回家的工匠吓得魂飞魄散。一天夜里九点半，泰迪·汉弗瑞跌跌撞撞地走出红衣旅店。推门而出时，屋内的光线刚好照在陌生人骷髅般的脑袋上（那人走路时将帽子拿在手中），令他大惊失色。孩子们但凡在黄昏时分见过此人，夜晚便会梦见妖魔鬼怪。究竟是他更讨厌孩子，还是孩子们更嫌弃他，人们不得而知，但显然双方彼此厌恶。

在艾平这样的村庄里，像陌生人这般相貌另类、举止古怪的人，难免会成为人们茶余饭后的谈资。关于他是何职业，更是众说纷纭。霍尔太太对此相当敏感，一旦有人问起，她总会谨小慎微地解释道，他是个“实验研究者”。她小心翼翼地吐出每一个音节，生怕会说错似的。当被问及何为“实验研究者”时，她便会趾高气扬地回答，唯有受过教育之人才知道，并补充说，他能“发现新事物”。她还说，这位房客曾遭遇事故，一时破相，手也受伤，而他又生性敏感，不愿公开这一事实。

然而霍尔太太不知道的是，其实众人在背地里另有一番议论，认为陌生人是个逃犯，如此煞费苦心乔装打扮，只为避人耳目，逃脱警察的制裁。这一说法是泰迪·汉弗瑞先生首先提出的。不过，自从二月中下旬以来，人们从未听闻有任何案件发生。国民学校[1]见习助理古尔德先生则如是设想，陌生人是个匿名的无政府主义者，正在动手研制炸药。[2]他决定，只要时间允许，就着手侦查此事。每次碰见陌生人，他都会仔细打量一番，还会盘问那些与陌生人素未谋面的民众，进而打探消息。可是，他一无所获。

---

1 国民学校（National School）：这所学校由英格兰圣公会全国宗教教育促进会（National Society for Promoting Religious Education）创办于一八一一年，旨在为工薪阶层子女提供基础教育。

2 这里影射一八九四年伦敦格林尼治天文台爆炸案。当时，法国无政府主义者马夏尔·布尔丹（Martial Bourdin）因携带的炸药提前引爆而丧生。此事后来还在约瑟夫·康拉德（Joseph Conrad）的小说《间谍》（*The Secret Agent*，一九〇七）中被提及。

另一派则认可费伦赛德的观点，坚信陌生人染上了白癜风，或据此穿凿附会。例如，西拉斯·杜根就曾断言，“要是他在集市上露脸卖艺，准能立马发大财”。杜根多少算是个神学家，因而将陌生人比作那个得到一千两银子的人[1]。然而也有一种观点认为，陌生人只不过是个疯子，并无危害之虞。这种看法倒是能自圆其说，将一切解释清楚。

还有些人在这几种主流观点之间摇摆不定，或持中立意见。萨塞克斯郡民众原本并不迷信，但自从四月初发生一系列事件之后，人们才开始窃窃私语，谈论起鬼神之类的超自然现象。可即便如此，也只有妇女们才相信这些话。

尽管艾平当地百姓对陌生人看法不一，但大家一致对他表示厌恶。他那暴躁的脾气，虽然在城市脑力工作者看来情有可原，但对于向来随和的萨塞克斯郡民众而言，着实不可思议。陌生人张牙舞爪的举止时常令他们惊愕不已；黄昏时分，他步履匆匆地穿过僻静的街角，冷不丁与路人撞个满怀；对任何试探性的搭讪，他都会毫不留情地予以回绝；他

1 一千两银子的人（man with the one talent）：引自《圣经·新约·马太福音》第二十五章第十八节——“但那领一千的，去掘开地，把主人的银子埋藏了。”这是著名的“马太效应”（Parable of the Talents）典故的由来。塔兰特（talent）原是古代货币单位。故事中，主人依据才干分别给三个仆人一笔钱。获得最少的第三个仆人只把钱埋在地里，没有拿去赚更多钱。威尔斯写到这里带有明显的讽刺口吻——杜根作为“神学家”却将“talent”错解成“才能”（这其实是“塔兰特”的引申义）。

期待着夜色降临，接着紧闭房门，拉下窗帘，熄灭蜡烛与台灯——究竟谁能忍受如此怪人？当陌生人走过村庄时，民众纷纷避到路边。而一旦他转身离开，爱开玩笑的年轻人便会竖起衣领，翻下帽檐，诚惶诚恐地紧随其后，模仿他神秘兮兮的模样。当时，有一首名叫《怪人》[1]的歌曲在当地传唱甚广。斯塔切尔小姐曾在校园音乐会（旨在为教堂募捐灯油费）上演唱过这首歌。从此以后，每逢陌生人现身，三五成群的民众便会哼唱起来，跟着节奏吹几句口哨，尽管有些五音不全。不仅如此，晚归的孩童也会朝他背后大喊"怪人！"，然后欢快地跑开。

卡斯医生对陌生人充满好奇。那些绷带激起他的职业兴趣，而传闻对方拥有数不胜数的瓶子，更是令他心生嫉妒。整个四月和五月，他始终盼望有机会能与陌生人聊上几句。圣灵降临周[2]到来之际，他终于按捺不住，想出一个捐款聘请乡村护士的借口。他惊讶地发现，霍尔先生竟然不知道自己的房客姓甚名谁。"他给过一个名字，"霍尔太太说——显然是一派胡言——"但我没听清楚。"想必她是觉得，不知自家

1 《怪人》（The Bogey Man）：指英国十九世纪末开始流传的歌谣《嘘，嘘，嘘，怪人来了》（Hush, Hush, Hush, Here Comes the Bogey Man）。

2 圣灵降临节（Whitsunday）是复活节后第七个星期天，亦称"五旬节"（Pentecost）或"白色周日"。自这天起的一周（尤指前三天），被称为"圣灵降临周"（Whitsuntide）。

房客的名字会显得很蠢。

卡斯敲了敲陌生人的房门，便走了进去。屋内传来一声清晰可辨的咒骂声。“恕我冒昧。”卡斯说着，随手关上门。霍尔太太没能听到其余的谈话。

之后的十分钟里，她听见两人低声对谈，继而是一声惊叫，伴随着杂乱的足音，椅子倒地，耳边传来一阵狞笑，以及一连串奔向门边的脚步声。很快，卡斯面色煞白地走出来，两眼紧盯着后方。他尚未将门关上，就大步穿过走廊，走下楼梯，都没瞧霍尔太太一眼。她听见卡斯步履匆匆地沿着马路离去。他手里还攥着自己的帽子。霍尔太太站在门后，望着客房敞开的门。随后，她听见陌生人在窃笑，接着一阵脚步声从房间穿过。从她站立的地方，无法看见陌生人的脸。只听房门砰的一声关上，一切归于平静。

卡斯沿着村道径直来到牧师邦廷的家。“是我疯了吗？”卡斯走进牧师狭小简陋的书房，张口便问，“我看起来像疯子吗？”

“怎么回事？”牧师问道，顺手将一块菊石[1]搁在几张散乱的稿纸上，那是他下回布道用的讲稿。

“旅店里的那个家伙——”

1 菊石（ammonite）：已经灭绝的海生无脊椎动物，生存于中奥陶纪至晚白垩纪。这里用作镇纸。

“怎么啦？”

“给我来点喝的。”卡斯说着便坐了下来。

一杯廉价的雪利酒下肚——好心的牧师将自己唯一的饮料倒给他——使他紧绷的神经逐渐镇定下来。然后他向牧师讲起自己同陌生人见面的经过。“我走进房间，”他气喘吁吁地说，“开始谈起为护士聘用基金捐款之事。进门时，他双手插在口袋里，猛地往椅子上一坐，鼻子哼哧作响。我跟他说，听说他对科学实验颇感兴趣。他回答是，随即又哼哧起来。他的鼻子反复抽动，哼哧个不停，显然是最近染上了重感冒。难怪他将自己裹得如此严实！我继续向他解释捐款事宜，同时睁大眼睛四处打量。瓶子啊——药剂啊——堆得到处都是。搁架上摆着天平和许多试管，还能闻到一股气味——是月见草的味道。我问他是否愿意捐款，他说需要考虑一下。我又直截了当地问他，是否在做研究？他说正是。我再问他是长期研究吗，他顿时勃然大怒。‘真见鬼，简直长得要死。’他吼道，将压抑已久的怨气宣泄而出。‘噢。’我应声附和。他开始抱怨起来。那人正在气头上，我这么一问，真是火上浇油。他说有人曾给他一张配方，是个价值连城的配方——至于派什么用处，他没有说。‘是药方吗？’‘去你的！’‘你到底想探听什么？’我连忙道歉。他煞有介事地抽动鼻子，咳嗽几声，继续往下说。说他仔细读过，上面写着五种成分。当时，他放下写着配方的纸，转头去做其他事。窗外忽然刮过一阵风，把配方吹了起来。那张纸唰的一声随风飘荡，沙沙作响。他说，他工作的这间客房有一座敞开的壁炉。只见火光一闪，配方瞬间燃烧起来，向烟囱上方径直飘去。待他冲上前去，那张纸早已钻进烟囱里。没错！说到这儿，他伸出胳膊，比画着当时的情形。”

“后来呢？”

“没有手——只有一条空袖管。天哪！我惊觉，原来他是残疾人！他一定是卸下了科克假肢[1]，我如是猜测。可转念一想，又觉得不太对劲。倘若袖口里是空的，那他是如何抬起袖管、张开手臂的呢？实话告诉你，里面的确空空如也。从袖口到关节，空无一物。我能一直看到他的右手肘，那衣袖缝隙还透出一丝亮光。‘我的天哪！’我惊叫起来。他顿时停下脚步，透过那副黑乎乎的眼镜瞪着我，随即望向他的衣袖。”

“然后呢？”

“就是这样。他始终一声不吭，紧紧盯着我，并迅速将衣袖塞进口袋里。‘我刚才说到，’他终于开口，‘配方烧了起来，是吗？’他接着一声咳嗽，像是在试探我。‘你究

1 科克假肢（cork arm）：因这种假肢在伦敦科克街（Cork Street）制成而得名，其材料并非软木（cork），而更多使用象牙、皮料、钢材、橡胶等。

竟，’我问他，‘是如何让衣袖动起来的？’‘空袖子吗？’‘没错，’我回应道，‘就是空袖子。’

“‘空袖子，你确定？你看见一只空袖子？’他猛地站了起来，我也跟着站起身。他慢吞吞地朝我这里迈了三步，紧挨着我，恶狠狠地抽动着鼻子。他那缠着绷带的脑袋和那副护目镜悄悄靠近时，简直把人吓得窒息。尽管我神经紧绷，却丝毫没有退缩。

“‘你说袖管是空的？’他问。‘千真万确。’我答道。他默不作声，死死盯着我。当时，我脸上空无一物，连眼镜都没戴，顿觉浑身不自在。随后，他又悄悄地从口袋里抽出衣袖，朝我抬起手臂，似乎想让我再看一眼。他的动作很慢，很慢。我望着他，仿佛时间静止。‘不是吗？’我清了清嗓子，说道，‘里面的确是空的。’

“我总得说些什么。一阵恐惧感向我袭来，我能看清袖管里的一切，他将衣袖径直伸向我，很慢、很慢——就像这样——直往前伸，最后离我的脸只有六英寸[1]。看着一只空袖子朝你如此伸来，简直不可思议！然后——”

“又怎么了？”

“有什么东西——确切地说，像是食指和拇指——捏住了我的鼻子。”

1　1英寸约为2.54厘米。

邦廷顿时放声大笑。

“里面什么都没有！”卡斯嚷道。当他说到“里面”这个词时，嗓音陡然升高，近乎尖叫。“你尽可笑我，但我告诉你，我确实吓得不轻，于是狠狠朝他的袖口砸去，并立刻掉头转身，夺门而逃——不辞而别——”

卡斯陷入沉默。毋庸置疑，他是发自内心感到恐惧。他无可奈何地转过身，好心的牧师又递给他一杯廉价雪利酒。“当我拍打他的袖口时，”卡斯坦言，“说实话，真感觉像是砸在手臂上。可他根本就没有手臂！连胳膊的影子都没有瞧见！”

邦廷先生思忖起来。他满腹狐疑地看着卡斯。“这真是个匪夷所思的故事。”他说，煞有介事地显出一副足智多谋的模样。“的确如此，”邦廷用不容置疑的口吻强调道，“此事真是匪夷所思。”

第五章　牧师寓所失窃

牧师寓所失窃一事，是牧师本人和他妻子透露的。那是圣灵降临节周一[1]凌晨，当天也是艾平举办圣社节活动的日子。忽然之间，邦廷太太从黎明破晓前的寂静中惊醒，她明显感到卧室房门被打开又关上。她起初并未惊动丈夫，独自坐起身仔细聆听。随即，她清楚地听见有人赤着脚，啪嗒啪嗒走出隔壁的更衣室，穿过连廊，向楼梯走去。在确定自己没有听错后，她便轻轻地将丈夫唤醒。邦廷先生没有点灯，而是戴上眼镜，穿上妻子的睡袍和自己的浴室拖鞋来到楼梯口，并竖起耳朵。他听得清清楚楚，有人正在楼下书房里翻着抽屉，还打了个很响的喷嚏。

他立刻转身回到卧室，抄起身边最显眼的武器——拨火棍[2]，蹑手蹑脚地走下楼梯。邦廷太太也跟着来到楼梯口。

当时大约四点钟光景，暗夜逐渐褪去。门厅透进一道微光，但敞开的书房里依然漆黑一片。周围一片寂静，只能

1 圣灵降临节周一（Whit Monday）：特指圣灵降临节后的第一个星期一，亦属假期。

2 拨火棍（poker）：用来翻动（壁炉等）柴火或炭火的棍棒。

依稀听见邦廷先生下楼时台阶轻微的嘎吱声，以及书房中微弱的动静。接着，咯噔一下，抽屉被打开了，传来纸页翻动的沙沙声。随即响起一声咒骂，一根火柴划亮，整个书房顿时泛出黄光。邦廷先生此刻已到门厅，他透过门缝看见书桌和打开的抽屉，还有桌上火光摇曳的蜡烛，但不见窃贼的身影。他站在门厅里，一时间有些不知所措。而邦廷太太则面色煞白，神色凝重，蹑手蹑脚地下楼，跟在丈夫身后。邦廷先生坚信这窃贼是本地居民，因而并未被彻底吓倒。

他们听见钱币叮当作响，意识到窃贼已发现家中的日常储备资金——共计两英镑十先令，皆是面值半个金镑的金币。一听见这声响，邦廷先生便来了胆量，决定出手行动。他紧紧握住拨火棍，冲进书房，邦廷太太则紧随其后。“不许动！”邦廷先生厉声喝道，片刻后却惊讶不已，怔怔地站在原地。屋内竟然空无一人。

然而他们可以肯定，当时房间里有人在走动。两人呆呆地站着，面面相觑。大约过了半分钟，邦廷太太穿过房间，绕到屏风背后查看，邦廷先生也回过神来，探头朝书桌底下张望。邦廷太太旋即又打开窗帘，邦廷先生则抬头打量着烟囱，并用拨火棍捅了一捅。随后，邦廷太太仔细瞧了瞧废纸篓，邦廷先生也掀开煤桶盖探查。两人最终停了下来，四目相对，狐疑地望着彼此。

“我敢保证——”邦廷先生说。

“那支蜡烛！”他喊起来，“谁点的蜡烛？”

“还有抽屉！”邦廷太太嚷道，“钱全都不见了！”

她急忙跑向门口。

“竟有此等怪事——”

连廊里传来响亮的喷嚏声。他们冲了出去，刹那间，厨房的门猛地关上了。“快拿蜡烛。”邦廷先生边喊边在前面带路。两人都听见门闩被匆匆转开的声响。

当邦廷先生打开厨房的门时，隔着洗涤间恰好望见后门刚被打开。在熹微的晨光映衬下，花园里影影绰绰。他确信没有人从那扇门出去。门敞开着，可过了一会儿却砰的一声合上了。这时，邦廷太太从书房取来蜡烛，烛火忽闪着随风摇曳。随后，他们走进厨房。

厨房里空空如也。他们重新闩上后门，绕着厨房、食品储藏室和洗涤间仔细查看，最后走下地窖。但无论他们如何搜寻，始终都没有发现半个人影。

白昼来临，可这对衣着怪异的牧师夫妇依然站在自家底楼的地板上发愣，瞠目结舌地愣在原地。此时，他们手中忽明忽暗的蜡烛已显多余。

第六章　家具皆发狂

圣灵降临节周一的凌晨时分，米莉还未出来干活，霍尔先生和他太太就已早早起身，悄无声息地走进地窖。他们打算做件私密之事，与自酿啤酒的浓度有关。刚进地窖，霍尔太太就想起忘记从他们的套间带一瓶菝葜[1]酒下来。对于酿酒，她既是行家里手，又亲力亲为，霍尔先生便识趣地上楼去取那瓶菝葜酒。

走到楼梯口，他惊讶地发现，陌生人的房门虚掩着。他继续走回自己的房间，照着太太的吩咐找那个瓶子。

当他拿着瓶子返回时，注意到前门的门闩被打开，根本没有上锁。一个念头从他脑海中闪过，他觉得此事与楼上陌生人的房间，以及泰迪·汉弗瑞先生的猜测有关。他清楚地记得，昨天夜里自己端着蜡烛，看着妻子把门闩上。见此情景，他诧异地停下脚步，再次上楼，手里还握着瓶子。他敲了敲陌生人的房门，没人答应。又敲了敲，然后推门而入。

一切正如他所料。床是空的，屋内也空无一人。霍尔先

1　菝葜（sarsaparilla）：藤本植物，其根状茎可用来酿酒。

生虽然愚笨，但眼前这番景象，无法不令他感到愕然。只见卧室的椅子上和床沿边凌乱地堆放着绷带和外套——据霍尔所知，这是陌生人唯一的衣服。而那顶垂边软帽则挂在床柱上，显出几分居高临下的神气。

正当霍尔站着发呆时，地窖深处传来妻子的叫喊。音节听起来十分短促，问句末尾的几个词语调上扬，形成尖锐的高音，按照西萨塞克斯人的习惯，这是不耐烦的典型表现。“乔治！我要的东西你拿到了吗？”

霍尔先生听见叫唤，连忙转过身，匆匆奔下楼去。“珍妮，”他倚着地窖楼梯的栏杆朝下喊，“汉弗瑞说得没错，他不在屋里，出门去了。门闩被打开了，前门虚掩着。”

起初，霍尔太太根本不明白丈夫的意思，待她醒悟过来，便决定亲自去那间空屋子看个究竟。霍尔先生走在前面，手里依然拿着瓶子。“他人不在，”霍尔说，“衣服倒是在这里。但他不穿衣服去外面干吗呢？真是奇怪。”

当他们走上地窖楼梯时，依稀听见前门打开又合上的声响。尽管事后他们对此确信无疑，可当时谁都没看见有人进出，因而都未向对方提起。穿过连廊时，霍尔太太抢在丈夫前面登上楼梯。楼梯上有人打了个喷嚏。霍尔走在后面，与妻子相隔六级台阶，心想准是她在打喷嚏。而走在前面的霍尔太太却以为，是丈夫在打喷嚏。她猛地推开陌生人的房门，环顾四周的一切。“简直太奇怪了！”她感叹。

她似乎感到有人在抽动鼻子，而且就紧挨着她的后脑勺。回过头去，却发现丈夫刚爬到楼梯口，离她足有十几英尺[1]远，不由得大吃一惊。不过，一眨眼的工夫，霍尔先生已走到她身边。她俯身摸了摸枕头，又将手伸到床单底下。

“凉的，”她说，“一个多小时前，他就已经起床了。”

在她伸手摸索之际，发生了一桩怪事。床单竟然自动卷起，接着朝空中一跃形成尖角，随即又撞向床边的护栏。仿佛有一只手抓住床单中央，将其扔在一旁。紧接着，陌生人的毡帽跳下床柱，在空中一阵飞旋，画过一道完美的弧线，劈头盖脸地向霍尔太太砸去。忽然，洗漱台上的海绵也迅速扑过来。还有那把椅子，竟将陌生人的外套和长裤随意一丢，恍如陌生人那般在冷笑，然后一个翻身，四条腿对着霍尔太太，似乎正朝她瞄准，即将袭来。霍尔太太一声尖叫，掉头就逃，可那把轻声转动的椅子，在身后紧追不舍，把他们夫妇俩轰出客房。猛然间，门砰的一声关上，并加了锁。此时，屋内的椅子和床仿佛在翩翩起舞，庆祝凯旋，但须臾之间，一切又归于平静。

霍尔太太退到楼梯口，忽然倒在丈夫怀中，几乎要晕厥。米莉已被尖叫声惊醒，她与霍尔先生费了九牛二虎之力，才将霍尔太太抬下楼去，并给她服用了镇静剂——这是

1 1英尺约为0.30米。

惯常做法。

“闹鬼了，”霍尔太太嚷起来，“一定是闹鬼了。我在报纸上读到过，桌子啊，椅子啊，手舞足蹈……”

“再喝一口，珍妮，”霍尔说，“这会使你镇定下来。”

“快把门锁上，”霍尔太太喊，“别让他再进来。我猜得八九不离十——其实我早该知道。那副圆鼓鼓的眼镜，缠着绷带的脑袋，而且他周日从不去教堂做礼拜。还有那数不胜数的瓶子——正常人哪有这么多瓶子。他一定是给家具施了巫术。我那些古董家具啊！我还是个姑娘的时候，亲爱的妈妈常坐在那把椅子上。谁能想到现在它竟然跳起来打我！”

“再喝一口吧，珍妮，”霍尔说，“你有些神经错乱了。”

清晨五点，一轮旭日洒下金光。他们派米莉到街对面，把铁匠桑迪·韦杰斯先生唤醒，传达霍尔先生的问候，并将楼上家具闹鬼之事告诉他。韦杰斯先生会过来吗？他可是个见多识广之士，而且足智多谋。韦杰斯先生认为此事非同小可。“该死的，一定是中邪了，”桑迪·韦杰斯先生断定，“对付他那种人，得用马蹄铁[1]。”

他随即一脸关切地来到旅店。霍尔夫妇打算请他带路上

---

1 马蹄铁：在西方文化中，马蹄铁（horseshoe）被视为辟邪之物，象征好运。相传，英国主教圣邓斯坦（St. Dunstan）曾将马蹄铁套上魔鬼之足，魔鬼许诺永不踏入钉有马蹄铁的房屋。

楼瞧瞧，可他却似乎并不着急。他更愿意在连廊上讨论。这时，哈克斯特的学徒刚巧从街对面走出来，准备取下烟草橱窗的遮板。于是他也被喊来一同商量此事。果不其然，哈克斯特先生很快也跟着加入对话。此情此景淋漓尽致地展现出盎格鲁-撒克逊人管理议会的才能：纸上谈兵，毫无行动。“让我们先把事情弄清楚，”桑迪·韦杰斯坚称，“要撞开他的门，我们必须有十足的把握。一扇门即便再牢固也总能被撞开。可一旦把门撞开，就再无任何退路。”

就在这时，楼上的房门突然自己打开了，众人吃了一惊，连忙抬头望去，眼前的景象令他们瞠目结舌。只见全身包裹的陌生人正走下楼，依然戴着那副硕大无比的蓝色护目镜，眼神比先前更黯淡、更茫然。他姿态僵硬，步伐迟缓，两眼紧紧盯着众人。只见他穿过连廊，仍目不转睛地凝视着人群，然后停下脚步。

“瞧！”陌生人喊道，伸出戴着手套的手指。人们顺着他所指的方向望去，看见地窖门口正摆着一瓶菝葜酒。随即，他转身进入客房，当着所有人的面突然狠狠地关上房门。

众人一言不发，面面相觑，直到关门的最后一声回音落下。“奇怪，岂有此理！”韦杰斯说到一半，又把话咽了下去。

“换作是我，就进去问问，”韦杰斯对霍尔说，“向他讨个说法。”

过了许久，这位房东先生才鼓起勇气走上前去。最终，他敲了敲门，推门而入，刚说了句：“对不起——”

“见鬼去吧！”陌生人一阵怒吼，“滚出去，把门关上。”于是这场简短的会面就终止了。

第七章　陌生人现形

陌生人回到车马旅店的时间大约是清晨五点半。他拉下百叶窗，关上房门，在屋内一直待到中午。自从霍尔吃了闭门羹之后，无人再敢进去。

在此期间，陌生人想必已是饥肠辘辘。他摇了三次用餐铃，最后一次他显然恼羞成怒，用力反复摇铃，却始终没人理他。“去他的，让他‘见鬼去吧’！”霍尔太太心想。不久，零星传来牧师寓所失窃的消息，两件事合在一起，大家便心知肚明。霍尔在韦杰斯的陪同下去找地方法官沙克福斯先生，请他出谋划策。没人胆敢贸然上楼。陌生人究竟在忙些什么，人们不得而知。偶尔能听见他怒气冲冲地来回踱步，还有两次，他骂骂咧咧，又是撕东西，又是砸瓶子。

凑热闹的人越聚越多，他们尽管胆小，却抑制不住内心的好奇。哈克斯特太太也赶了过来，还涌来一群兴高采烈、打扮时髦的年轻人，他们身着黑色夹克、戴着菱格纹领带——因为今天是圣灵降临节周一——七嘴八舌地问这问那。年轻的阿奇·哈克尤其爱出风头，他闯进后院，打算从百叶窗底下朝里窥视。虽然他什么都没看到，却说得头头是道，于是艾平的其他年轻人也跟着凑上前去。

这是有史以来最阳光明媚的圣灵降临节周一。村庄的街道两旁有十几个摊位，还搭建起一个打靶场。铁匠铺旁边的草坪上停着三辆黄褐色马车，几个穿着奇装异服的外乡男女正在布置椰靶投掷游戏。绅士们穿着蓝色紧身衣，女士们则系着白色围裙，头戴装饰浮夸的羽帽，颇显时髦。紫鹿旅店的沃杰尔和修鞋匠贾格尔——他还兼售二手“大小轮”自行车[1]，正将一串英国国旗和王室旗帜（曾在维多利亚女王登基五十周年[2]庆典时用过）悬挂在道路中央。

车马旅店内却是另一番景象，陌生人将客房遮得严严实实，只透进一丝光线。想必陌生人此刻又饿又怕，裹着极不舒服的绷带，闷热无比。他一会儿透过墨镜仔细阅读纸稿，一会儿叮叮当当摆弄脏兮兮的小瓶子。偶尔，他还会对躲在窗外偷窥的那些男孩咒骂几句，他虽然看不见他们，却能听到他们的声音。壁炉旁的角落里散落着五六只摔碎的玻璃

---

1 “大小轮”自行车（ordinary bicycle）：英国早期自行车普遍采用前后轮大小殊异的式样，后轮直径仅相当于前轮半径，如同大小不同的两种硬币，因而亦被称为“一又四分之一便士”自行车（penny-farthing），后被两轮尺寸相似的安全型自行车（safety bicycle）取代，即现代自行车的雏形。

2 维多利亚女王登基五十周年：一八八七年是英国维多利亚女王登基五十周年（first Victorian Jubilee），亦称“金禧年”（Golden Jubilee）。

瓶，空气中还弥漫着一股刺鼻的氯气[1]味。这一切便是当时我们的所见所闻。

中午时分，陌生人突然打开房门，站在那里瞪着吧台边的三四个人。“霍尔太太。”他喊道。其中一人提心吊胆地去找霍尔太太。

片刻之后，霍尔太太赶了过来。她喘着粗气，一副气急败坏的模样。霍尔先生此时仍未归来。不过，她早已盘算好了要如何对付这场面。只见她端着一个小小的托盘，上面摆着一张未付款的账单。“您是要账单吗，先生？”她问。

“我的早餐为何不端来？怎么不给我准备饭菜，按铃也没人回应？难道你以为我不用吃饭吗？”

“那你为何不付房费？”霍尔太太反问，“我倒要问问清楚。”

“三天前我就告诉过你，我正在等一笔汇款——”

“两天前我也告诉过你，我可不等什么汇款。我的账单已经足足等了五天，你的早餐不过等了一会儿，凭什么抱怨？”

陌生人咒骂了几句，虽简短却清晰可辨。

“嚯，嚯！”吧台边传来叫嚷声。

“谢天谢地，先生，收起你这些骂人的话吧。”霍尔太

---

1 氯气（chlorine）：黄绿色有毒气体，可用以消毒自来水，其水溶液可配制漂白剂。

太说。

陌生人顿时恼羞成怒，他站在原地，显得更像一顶潜水头盔。吧台边的围观者一致认为，霍尔太太占据上风。陌生人接下来的一番话亦可证明。

“听着，好太太——”他开口说。

“别叫我‘好太太’！”霍尔太太喝道。

“我已经说过，我的汇款还没到账。”

“汇什么款！”霍尔太太喊。

“不过，我身边还有——”

“你三天前告诉我，你身无分文，只剩下一金镑银币。”

“可我又找到一些——”

“哟——呵！”吧台边又传来一阵起哄声。

“真不知道你从哪里找到的。”霍尔太太感叹。

陌生人显然被这句话激怒。他跺着脚问：“你这是什么意思？”

“我不知道你哪里找来的钱，”霍尔太太回答，“如果你要结账、送早餐，或是有其他类似需求，得先交代清楚几件我不明白的事。大家都不明白，都想弄清楚是怎么回事。我想知道你在楼上对我的椅子做了什么手脚？你的房间刚才明明没有人，你又是怎么进来的？住在这里的人都从门那儿进来——这是规矩，可你并没有这么做，我要知道你究竟是怎么进来的。我还要知道——”

突然，陌生人举起戴着手套的手，攥紧拳头，跺着脚喊，“住嘴！”见他一脸凶相，霍尔太太顿时吓得不敢吭声。

“你不明白，”他说，“我是谁，是干什么的。那我就告诉你。苍天在上！就让你见识一下。”他随即张开手掌盖在脸上，一把撕开。只见他的脸部中央变成一个黑洞。“拿去。”他说。他上前一步，递给霍尔太太一样东西。她正盯着那张变形的脸，不假思索地接了过来。这时，她定睛一瞧，立刻尖叫起来，把那东西一丢，踉跄着后退几步。原来是鼻子——陌生人的鼻子！粉红色的鼻子忽闪着——滚到地上。

他随后摘下眼镜，吧台边的人群见状纷纷倒抽一口冷气。他又脱下毡帽，拼命拉扯自己的胡须和绷带，但一时半会儿没能扯掉。某种不祥之兆弥漫在酒吧里，众人预感会有恐怖之事发生。“啊，天哪！”有人喊道。霎时间，陌生人的胡须和绷带都掉了下来。

这骇人的景象前所未有。霍尔太太顿时吓得瞠目结舌，只听她一声惊呼，拔腿便向门外逃。众人纷纷作鸟兽散。他们原以为会看见受伤的疤痕、损毁的容貌或是恐怖的脸庞，可事实却并非如此！那绷带和假发穿过连廊朝吧台飞去，姿态笨拙地跳跃着避开人群。人们相互推搡，连滚带爬下了楼梯。刚才那个前言不搭后语大声叫嚷的陌生人，转眼间只剩一具手舞足蹈的躯壳，衣领上方——空空如也，什么都没有！

村庄另一头的民众听见一阵阵呼喊和尖叫，都探头朝街上张望，看见一群人从车马旅店中蜂拥而出。他们亲眼看见霍尔太太跌倒在地，紧随其后的泰迪·汉弗瑞先生纵身一跃，才没被她绊倒。接着，耳边传来米莉撕心裂肺的叫喊。原来，她听见厨房外面人声鼎沸，便冲出来一探究竟，不料却径直撞上无头陌生人的后背。转瞬之间，一切戛然而止。

只见街上所有人——甜食商贩、椰靶投置游戏摊位的老板及其助手、摇秋千的人、少男少女、乡绅浪子、漂亮村妇、穿罩衫的老者和系围裙的吉卜赛人——都一窝蜂地涌向车马旅店。一眨眼的工夫，霍尔太太家门口已聚集起四十多人，且不断有人闻讯赶来。他们簇拥在一起，一边问东问西，一边指手画脚，呼喊声此起彼伏。每个人似乎都迫不及待地发表高见，可结果却是嘈杂不堪。跌倒在地的霍尔太太被搀扶起来，一小群人正围着她。众人议论纷纷，还能听见一位目击者绘声绘色地描述自己的所见所闻。“嗬，怪人！”“那他究竟在干什么？”“伤着那姑娘了吗？”“我猜他一定是拿着刀在追她。”“我说他没长脑袋，不是指他说话不经大脑。我是说他根本没有头！”“胡说八道！那不过是变戏法。”“他把缠着的绷带都扯了下来，真的——”

大家争先恐后地朝敞开的门里张望，人潮密密麻麻向后蔓延，逐渐排成楔形，而在靠近旅店的楔子顶端，站的都是胆大的人。“他站了一会儿，我听见那姑娘尖叫起来，他立刻回过头。我看到姑娘的裙摆飘动着，他在追赶她。一转眼，他又回来了，手里握着一把刀，还拿着一大块面包，站在原地，似乎正目不转睛地盯着前方。就在刚才，他走进那扇门。正如我所说，他根本没有头。你们正好错过——”

人群后方一阵骚动，说话者停下来，避到旁边给一小队人马让道。他们慷慨激昂地朝旅店走来。领头的是霍尔先生，他面红耳赤，目光坚定。紧随其后的是鲍勃·贾弗先生，是村里的警官，韦杰斯先生则小心翼翼地跟在最后。他们带着搜捕令赶到这里。

众人七嘴八舌地向他们报告最新情况，内容却自相矛盾。“管他有头无头，”贾弗说，“反正我得逮捕他，必须逮捕他。”

霍尔先生大步登上楼梯，径直冲到客房门口，咣当一声把门推开。“警官先生，”他说，“动手吧。”

于是贾弗走进屋内。霍尔跟在后面，最后是韦杰斯。昏暗中，他们与戴着手套的无头人正面相对，依稀看见一只手正拿着一块啃过几口的面包，另一只手则捏着一大块奶酪。

“就是他！”霍尔喊。

“你们究竟在干吗？”无头人的衣领上方传来一声怒吼。

“好家伙，你这该死的房客，”贾弗嚷道，“管你有头无头，搜捕令上写的是‘身体’，我公事公办——”

“别过来！”陌生人叫嚣着朝后一退。

他猛地把面包和奶酪一丢，霍尔先生抢先一步抓起桌上那把刀。陌生人扯下左手手套，朝贾弗脸上甩去。说时迟，那时快，正在宣读搜捕令的贾弗立刻停下，牢牢抓住他那只无形之手的手腕，同时掐住他那看不见的喉咙。贾弗的小腿被狠狠踢了一脚，疼得大叫起来，但他依然没有松手。霍尔贴着桌面将刀传给韦杰斯，韦杰斯则像守门员似的一把接住。此时，贾弗与陌生人早已扭打成一团，正跌跌撞撞地朝霍尔靠近。只见霍尔一个箭步冲上前去，也乱抓乱打一通。岂料一把椅子挡住去路，他们不约而同被绊倒在地，椅子也哗啦一声被撞开了。

“抓住脚。”贾弗艰难地吐出这几个字。

霍尔先生按照吩咐奋力去抓，然而只听嘎吱一声，肋骨被狠狠踹了一脚，半天不得动弹。眼看无头陌生人已经翻身，并将贾弗按倒在地，韦杰斯手握着刀，拔腿就向门口逃，却与前来支援维持治安的哈克斯特先生和锡德桥车夫撞了个满怀。突然，三四个玻璃瓶从碗橱上掉落，屋内顿时弥漫着刺鼻的气味。

“我投降。”陌生人喊道，尽管贾弗仍被他压着。没过多久，他气喘吁吁地站起身，既没有头，亦没有手——他已将左右两只手套统统脱下，模样古怪至极。“何必如此呢。”他语带哭腔，仿佛正在抽噎。

听见一个声音从空空如也的房间飘出，这简直是世界上最匪夷所思的事情。不过，萨塞克斯郡的乡民们可是天底下最实事求是的一群人。贾弗爬起身来，取出一副手铐，却一时愣在原地。

“听着！”贾弗厉声喝道，他隐约觉得此事不妙，“见鬼！手铐不管用。”

陌生人的胳膊从背心上拂过，空袖管所及之处，纽扣竟然奇迹般地一颗颗被解开。他又嘟哝着，像是在抱怨小腿受伤，然后弯下腰来，似乎他正在鞋子和袜子上胡乱摸索着。

“天哪！”哈克斯特忽然叫道，“他根本不是人，不过是件空衣服。瞧啊！你可以从衣领往下一直看到衬里。我可以把手伸进——”

他伸出手来，仿佛在半空中触碰到什么，猛地一声尖叫，把手抽回。“希望你们的手指别戳到我眼睛，”空中那个声音喝道，一副专横跋扈的口吻，“其实，我整个人都完好无缺——头啊、手啊、腿啊，还有其他部位，只不过你们看不见。这的确令人困惑，可我就是如此。你们这些艾平的乡巴佬，不能因为我长这样，就把我捅得粉身碎骨吧？”

那件衣服的纽扣已经全部解开，正松松垮垮地悬挂在看不见的支架上，两手叉腰立在原地。

此刻，有几个男人闯了进来，屋内一下子变得拥挤不堪。“看不见，是吗？”哈克斯特质问道，丝毫不顾陌生人的咒骂，“谁听说过这样的事？”

“这或许令人难以置信，可我并未犯法。为何警察要如此这般袭击我？”

“噢！这是两码事，”贾弗说，“毫无疑问在这种光线下很难看清你，但我有搜捕令，一切都名正言顺。我之所以逮捕你，并非隐身的缘故——而是因为盗窃。这里有户人家遭窃，丢了钱。”

“是吗？”

“所有证据都表明——”

“一派胡言！”隐身人吼道。

“但愿如此，先生，可我是奉命前来。”

“那好吧，”陌生人说，“我走。我跟你走。但别给我戴手铐。”

“这是规矩。”贾弗说。

“别戴手铐。”陌生人争辩道。

“请原谅。”贾弗表示抱歉。

突然，那人影一屁股坐下身。大家还没回过神来究竟怎么回事，拖鞋、袜子、裤子就已全被踢到桌子底下。随后，他又跳了起来，将外套甩开。

“在这里，快拦住他。”贾弗恍然大悟，高声叫喊。他一把抓住背心，那背心不断挣扎着，里面的衬衫滑了出来。贾弗手中只剩下一件软绵绵的背心。“抓住他！”贾弗厉声喝道，“一旦他全部脱下——”

“抓住他！”众人纷纷叫嚷起来，冲向那件东飘西荡的白衬衫。这是目前陌生人身上唯一能被看见的东西。

霍尔张开双臂朝白衬衫扑去，却被衣袖重重砸在脸上。他不由得倒退几步，撞在教堂司事老图思索姆身上。片刻过后，这件衬衫被高高举起，呈现剧烈震动，袖口空空朝两侧挥动，像是有人正从头上脱下它。这时，贾弗伸手揪住衬衫，反倒正好帮他脱了下来。他的嘴巴凭空挨了一拳，于是不由分说地甩出警棍，岂料竟狠狠击中泰迪·汉弗瑞的脑门。

“当心！”众人惊呼，却依然东一脚西一拳乱打一通。“抓住他！关上门！别让他跑了！我抓住了！他在这儿！”眼前一片混乱，嘈杂至极。似乎人人都挨了拳头。桑迪·韦杰斯向来见多识广，由于鼻子遭到一顿猛击，他急中生智，再次打开房门，率先夺路而逃。其余的人也不由自主地跟着他仓皇逃窜，一时间门口堵得水泄不通。这场混战仍未停歇。一神论者[1]菲普斯被打断一颗门牙，汉弗瑞则耳朵软骨挫伤。贾弗在混战中下巴被击中，他转过身，紧紧揪住隔在他和哈克斯特之间的什么东西，他摸到一个肌肉发达的胸脯。不一会儿，这群厮打在一起的人，情绪激动地冲进拥挤不堪

---

1 一神论者（Unitarian）：一神论派（Unitarianism），也称“一位论派”或“神体一位论”，是否认三位一体（即圣父、圣子和圣灵三个位格为同一本体）和耶稣神性的基督教派别。

的门厅。

“我抓住他了！”贾弗大声喊着，气喘吁吁、步履蹒跚地穿过人潮。只见他面红耳赤，青筋暴起，仍在与看不见的敌人贴身肉搏。

战况异常激烈，两人跌跌撞撞打作一团，眨眼间已冲到门口，随即滚下旅店门前的五六级台阶。人们左躲右闪，避让不及。贾弗声嘶力竭地叫喊着——依然紧抓不放，尽力用膝盖抵抗——转身翻滚，头朝下重重地摔在沙砾堆里。直到这时，他才松开手。

众人激动地嚷着“抓住他！”“隐身人！”之类的口号。突然，有个不知姓名的外乡青年冲进来，抓住什么东西，又不小心让它挣脱，自己则被趴在地上的警官绊倒。道路中央，一名妇女不知被何物撞到，顿时尖叫起来；一条狗显然被踹了一脚，狂吠不止，号叫着窜进哈克斯特家的后院。就这样，隐身人逃之夭夭。有好一会儿，人们惊愕地站在那里比画着什么。接着就是恐慌，众人如秋风扫落叶般四散而逃。

贾弗依然仰面朝天，膝盖弯曲，躺在车马旅店的台阶下，一动不动。

第八章　逃逸途中

这一章极其简短，与一位名叫吉本斯的人有关，他是当地的业余博物学家。那天，他正躺在一片空旷的山丘上，以为方圆几英里之内只有他独自一人。睡意正酣时，他突然听见身旁有人在咳嗽，打喷嚏。随后，那人开始自言自语，骂骂咧咧。他四处张望，却不见半个人影。可是，这声音是如此真切，清晰可辨。咒骂声滔滔不绝，辞藻丰富多变，听得出那人颇有教养。这声音越来越响，而后逐渐变弱，消失在远方，似乎正向阿德丁的方向飘去。随着最后的一连串喷嚏声，一切归于平静。吉本斯对上午那桩怪事一无所知，可刚刚异乎寻常的经历实在令他不安，往日哲学家般的淡定早已不复存在。他慌忙起身，匆匆翻越陡峭的山坡，朝村庄飞奔而去。

第九章　托马斯·马维尔先生

你得这样描绘托马斯·马维尔先生的尊容：他满脸横肉，表情多变，鼻子像针筒似的又长又凸，一张大嘴喋喋不休，散发着酒气，还留着浓密的络腮胡，模样颇为古怪。他有些发福，由于四肢粗短更显体态肥胖。他头戴丝绒毡帽，时常用麻绳和鞋带替代衣服上的纽扣。显而易见，他是个单身汉。

距离艾平一英里半的山丘上，托马斯·马维尔先生正坐在通往阿德丁的山路旁，双脚伸在浅沟里。他没有穿鞋，只套着一双走形的破袜子，脚趾又宽又大，像竖起的狗耳朵似的向上翘着。他慢条斯理地——他做任何事情都是这般慢条斯理——打算试穿一双皮靴。他很久以来都没穿过这么结实的靴子，可惜太大了。旁边另一双在干燥的天气里倒是很合脚，一旦遇上阴雨天，鞋底就显得过于单薄。托马斯·马维尔先生讨厌尺码过大的靴子，但也厌恶阴雨天。他压根就没有想明白，究竟什么最讨厌。今天难得风和日丽，他却无所事事。于是他将两双皮靴整整齐齐地摆放在草坪上，仔细端详起来。看着这四只靴子躺在青草堆和旺盛的龙芽草[1]之间，他突然觉得它们奇丑无比。这时，背后有人在说话，他竟然毫不吃惊。

“毕竟它们是皮靴。”那声音说。

“别人捐的靴子，”托马斯·马维尔先生歪着脑袋，一脸嫌弃地说，“到底哪双才是全天下最丑陋的靴子，简直不相上下！”

“嗯。”那声音附和道。

“我穿过更破的靴子——事实上，甚至有时都没有鞋穿。但我从没见过如此丑陋的靴子——请别介意我这么说。我一直靠乞讨为生——尤其需要靴子，都好些天了。这两双我早就穿腻了，当然，它们倒是挺结实。不过，像我这般体面的流浪者也是见过不少皮靴的。你敢相信吗，我费尽心思在这里四处乞讨，却只讨到这两双。你瞧瞧看！照理说，在这片地区还是容易找到靴子的，可我偏偏倒了霉运。我在这里乞讨靴子已有十多年了，他们现在竟然如此对我。”

“这里真是野蛮之地，”那声音说，“村里人简直猪狗不如。”

“可不是吗？”托马斯·马维尔回应道，“天哪！瞧瞧那些靴子！糟糕透顶。”

他贴着肩膀朝右边看去，想看看说话者的靴子，好做

1 龙芽草（agrimony）：多年生草本植物，属蔷薇科。

一番比较。啊！说话者应该在的地方，既不见脚，亦不见靴子。他顿时大惊失色。“你在哪儿？”托马斯·马维尔先生转过头问，又俯身趴在地上寻找。他望见连绵不断的旷野，远处绿意盎然的荆豆灌木，正迎风飘荡。

“是我醉了吗？”马维尔喃喃地说，“莫非是幻觉？难道我在自言自语？可是那——”

“别害怕。”那声音说。

“甭给我耍嘴皮子，”托马斯·马维尔先生猛地跳起身来，“你在哪里啊？可把我吓坏了！”

“别害怕。”那声音重复道。

“你这蠢货，待会儿该轮到你害怕了，”托马斯·马维尔先生恐吓说，“你到底在哪儿？快让我瞧瞧……”

“你该不是埋在地下吧？”过了一会儿，托马斯·马维尔先生又问。

无人回答。托马斯·马维尔先生满脸诧异，赤脚站在原地，身上的外套几乎快滑到地面。

“唧叽。”一只田凫[1]在远处鸣叫。

“原来是只田凫！”托马斯·马维尔先生感叹，“现在可不是闹着玩的时候。”山丘上荒无人烟，四面八方一片寂

1 田凫（peewit）：也称“凤头麦鸡”，头顶缀有细长而稍向前弯的黑色冠羽。

寥。平坦的山路向南北延伸，除了两旁的浅沟和白色围栏，空空如也。蔚蓝的天空一望无际，唯有那只田凫飞过。“上帝保佑，”托马斯·马维尔说着又将外套提到肩膀，“一定是喝多了！我早该知道。”

“你并没有喝多，”那声音说，“你冷静些。”

“啊！”马维尔先生喊道，他那长着雀斑的脸顿时煞白，“肯定是喝多了！”他嘴唇翕动，默默重复道。他仍在四处张望，缓缓转过身来。“我敢发誓，我确实听见有人在说话。”他喃喃自语。

“你当然听见了。”

“又出现了。”马维尔先生嚷起来。只见他紧紧闭上双眼，满脸痛苦地用手捂住额头。突然，有人揪住他的衣领，使劲来回摇晃，他顿觉天旋地转。“别傻了。”那声音说。

“我——发——发——发疯了，”马维尔先生一阵叫嚷，“这可不妙。只不过是为这些该死的靴子发愁罢了，就发疯啦，要不就是见鬼了。”

“都不是，”那声音说，“听着！”

“疯啦。”马维尔先生又喊。

“静一下。”那声音厉声喝道，语调有些颤抖，显然正克制着内心怒火。

“怎么了？”托马斯·马维尔先生颇为纳闷。他感到胸口有些异样，似乎被人用手指戳了一下。

“你以为我是错觉吗？仅仅是错觉？”

“那你还能是什么呢？”托马斯·马维尔问，一边往脖子后面摸。

“问得好。”那声音说着，松了口气，“那我就用石头砸你，直到你相信为止。”

“可你到底在哪里呢？”

那声音沉默不语。只听嗖的一声，空中飞来一块石头，差点击中马维尔先生的肩膀。他转过身去，看见一块石头从空中越过，画出一道繁复的曲线，在半空悬停片刻，便以迅雷不及掩耳之势，朝他脚边袭来。他惊得目瞪口呆，避让不及。那石头嗖的一声砸在他裸露的脚趾上，接着又弹落到浅沟中。托马斯·马维尔先生立刻跳起身来，疼得号叫连连。随即拔腿就跑，不料却被什么东西绊了个跟头，一屁股坐在地上。

“现在，”那声音说，只见第三块石头已向上抛出弧线，在流浪汉的头顶停住不动了，“我还是错觉吗？”

马维尔先生挣扎着站起来想回答，却又翻倒在地，只得静静地躺了一会儿。“你再敢乱动，”那声音威胁说，“我就用石头砸你脑袋。”

“好吧。”托马斯·马维尔先生回应道。他坐起身，握住受伤的脚趾，两眼紧紧盯着这第三枚“炮弹”。“我不明白，石头怎么会自己抛起来呢，竟然还会说话。快放手，你说吧，我投降。”

于是第三块石头落在地上。

“这很简单，”那声音说，“我是个隐身人。”

“快把一切告诉我，”马维尔先生疼得直喘气，“你藏在哪儿——怎么躲藏的——我一点也不明白。我服了。”

“我可以隐身，”那声音说，“仅此而已。你只需要明白这一点即可。”

“这谁都知道。你可别这么不耐烦，先生。事到如今，那么……你说给我听听，你是怎么躲藏的？”

“我可以隐身。这便是关键所在。我要你明白的就是这——”

“可你在哪里呢？”马维尔先生打断他。

“这里！你前面六码[1]的地方。”

“啊呀，别这样！我可没瞎。再下去你会说你是稀薄的空气咯。我可不是那种傻头傻脑的流浪汉——”

“没错，我就是——稀薄的空气。你的视线可以穿透我。”

“什么！难道你身上什么都没有。那说话声[2]——是怎么回事？——胡言乱语。是这样吗？”

“我只是个普通人——有血有肉，需要吃喝，也需要穿

---

1 1码约为0.91米。

2 说话声（Vox et）：原文为拉丁语，意为“空洞之言”（Vox et praeterea nihil）。

戴——但我是隐身的。懂了吗？隐身。很简单，就是隐身。”

“什么，真的吗？”

“真的，千真万确。”

“把手伸出来，让我握握，”马维尔说，“假如你真是人，那握起来根本不会费劲，而且——天哪！”他叫嚷道，“吓死我了！——怎么握得那么紧！”

他感到自己的手腕正被牢牢拽住，便用另一只空着的手去摸对方那只手。接着，他颤巍巍地顺着胳膊朝上探去，拍拍肌肉发达的胸脯，而后又摸到一张留着络腮胡的脸庞。马维尔顿时露出诧异的神情。

“我敢打赌！”他说，“这比斗鸡有趣多了！简直不可思议！——我还能透过你，清楚地看见半英里外的一只野兔！可我却根本看不见你——除了——”

他目光敏锐地打量着眼前这片空地。“你刚吃过面包和奶酪，对不对？”他抓着那只无形之手问道。

“你说得没错，还没完全消化。”

“噢！”马维尔先生感叹，“不过，真有点像鬼魂。”

“当然，这一切并不像你想象的那么神奇。”

“我要求不高，这已经够稀奇了，”托马斯·马维尔先生说，“你是怎么做到的！究竟是如何藏身的？”

“说来话长。更何况——”

“实话说，这一切可真把我吓坏了。”马维尔先生坦言。

“目前我最想说的是：我需要帮助。我已经走投无路——突然碰见你。我一丝不挂，正四处游荡，心中愤懑难平，却又束手无策。我恨不得要去杀人。终于遇见你——”

“天哪！”马维尔先生尖叫起来。

“我跟在你身后——踌躇了一会儿——又走开了——”

马维尔先生顿时百感交集。

“——随后，我停下脚步。‘这人，’我心想，‘是个流浪汉，和我一样。正是我要找的人。’因此我又转过身，朝你走来——跟上你。而且——”

“天哪！”马维尔先生再次尖叫，“我快犯糊涂了。可否问你——究竟怎么回事？你到底需要我帮什么？——隐身人！”

“我想请你帮忙拿些衣服——再找个住处——还有些其他东西。我漂泊在外已经很久了。倘若你不答应——哼！你一定会帮我的——必须帮我。”

“听我说，”马维尔先生喊，“我太害怕了，别再折磨我了，饶了我吧。我得冷静一下。你差点把我的脚趾弄断了。真是荒唐透顶，荒凉的山丘，空荡的天空。方圆几英里内，除了花草树木，什么都没有。这时，耳边响起一个声音。有声音从宝座出来[1]！还有石头！和拳头——天哪！”

---

1 有声音从宝座出来（a voice out of heaven）：引自《圣经·新约·启示录》第二十一章第三节：“我听见有大声音从宝座出来说，看哪，神的帐幕在人间。”

“振作起来，”那声音说，“你还没完成我交给你的任务。”

马维尔先生鼓起腮帮，眼睛瞪得滚圆。

“我选中了你，”那声音说，“除了山下那几个蠢货，只有你知道隐身人的存在。你必须做我的帮手，帮我做事——你会获得丰厚的回报。隐身人可是无所不能的。”那声音停下来，狠狠打了个喷嚏。

“但你要是胆敢背叛我，”他继续说，“如果你没按照我的吩咐去做——”

说到这里，他重重拍了拍马维尔先生的肩膀。那只手刚一碰，马维尔先生便惊叫起来。“我绝不背叛你，”马维尔先生回应道，竭力躲开伸来的那只手，“千万别这么想。随便你干什么，我都会全力帮助你——尽管吩咐我吧。（天哪！）无论你要做什么，我都心甘情愿。”

第十章　马维尔先生造访艾平

最初的一阵恐慌过去之后，整个艾平陷入争论不休的境地。怀疑论忽然甚嚣尘上——但怀疑之中掺杂着种种不安的情绪。人们对事情的底细知之甚少，只是怀疑而已。要说服众人相信隐身人的存在，绝非易事。那些亲眼看见他化作空气，或领教过其臂力之人，毕竟屈指可数。纵观寥寥无几的目击者，韦杰斯先生已经消失在公众视线之中。他终日紧锁家门，足不出户。而贾弗则躺在车马旅店的客房内，依然不省人事。对平民百姓而言，超越常理的奇思妙想，远不及那些真切实在的小小念想有吸引力。艾平处处洋溢着喜庆的氛围，大街小巷张灯结彩，人人身穿节日盛装。早在一个多月前，人们就开始期盼圣灵降临节周一的来临。等到那天下午，即便那些相信隐身人存在的人，也试探性地恢复了些许娱乐活动，因为他们猜测隐身人已经远去；而持怀疑论者，则早已将此事视为笑料。不过，整整一天，无论是笃信者，抑或怀疑者，彼此都相当友善。

海斯曼家的草坪上已搭起帐篷，显得喜气洋洋。邦廷太太和另外几位女士正在帐篷里准备茶点。而帐篷外，主日学校[1]的孩子们争相赛跑、尽情游戏，助理牧师、卡斯小姐和萨克布小姐则站在一旁大声指点，呐喊助威。毫无疑问，空气中弥漫着一丝不安的气息，但理智仍占据上风，人们即便内心诚惶诚恐，表面上也装作若无其事。村庄的一片绿地上斜垂着一根粗绳，抓住绳子下方的滑轮把手，便可让人用力一推，滑向对面的沙袋，少男少女们尤其喜欢这个游戏。荡秋千、投掷椰靶等，也颇受欢迎。此外，还有盛大的集体舞会。只见蒸汽管风琴紧挨着旋转木马，一边散发出刺鼻的烟味，一边奏出刺耳的音乐。圣社成员们上午已参加教堂晨祷，此刻佩戴着红绿相间的徽章，个个光彩照人。一些追求时髦的人士，还在圆顶礼帽上装饰色彩艳丽的丝带。老弗莱彻的过节观念较为传统，透过他家窗前的茉莉花丛，或是敞开的房门（无论哪个角度），皆可望见他小心翼翼地站在两把椅子支起的木板上，粉刷着起居室的天花板。

下午四点钟光景，有个陌生人从山坡的方向走来，进入村庄。他身材矮胖，戴着一顶破烂不堪的礼帽，看起来气喘吁吁。只见他的腮帮子一起一伏，明显有些上气不接下气，那满是雀斑的面容露出忐忑的神色。他向前走着，一副极不情愿的模样。他在教堂旁边转弯，径直朝车马旅店走去。见到他的人不少，老弗莱彻是其中之一。看着那人神情焦虑，

1 主日学校（sunday-school）：星期日对儿童进行宗教教育的学校。

模样古怪，老先生颇为吃惊，因为只顾着张望，一不留神石灰水竟顺着刷子淌进袖管里。

据椰靶投置游戏摊位的老板回忆，那位陌生人好像在自言自语，哈克斯特先生也注意到了这一点。他还记得，那人在车马旅店门口的台阶边停住脚步，似乎在决定是否进门之前，有过一番激烈的思想斗争。最终，他走上台阶。哈克斯特先生看到，他往左拐了个弯，打开一间客房的门。哈克斯特先生还听见屋内传来说话声，吧台边也有人叫嚷起来，提醒他走错了门。“那是私人客房！”霍尔吼道。陌生人笨手笨脚地关上门，朝吧台边走去。

几分钟后，那人再度出现在视线中，心满意足地用手背抹着嘴唇。这一幕在哈克斯特先生看来，似乎是在装腔作势。那人站在原地，四处打量。随后，哈克斯特看到，他鬼鬼祟祟地溜向后院大门，而旁边客房的窗户正开着。陌生人迟疑片刻，倚靠在一根门柱上，接着掏出一根短小的陶制烟斗，准备装上烟丝。整个过程中，他的手一直在颤抖。那人笨拙地点燃烟斗，交叉双臂开始抽烟，看上去无精打采。然而他会时不时朝后院里瞥几眼，俨然与那副疲惫的模样格格不入。

哈克斯特先生站在摆放烟草的橱窗边，透过窗前瓶瓶罐罐间的缝隙看到了这一切。那人的一举一动实在有违常理，他决定继续观察下去。

没过多久，陌生人突然站起身，把烟斗塞进口袋里，一转身溜进后院，消失不见了。哈克斯特先生认定，自己目睹了一桩入室盗窃案，便一个箭步跨出自家柜台，冲上马路去拦截那个小偷。就在这时，马维尔先生又出现了，他的毡帽歪斜着，一手拎着蓝色桌布罩着的大包裹，另一只手则提着三本捆在一起的书稿——事后证实，那是用牧师的裤子背带捆扎的。他迎面撞见哈克斯特，顿时倒抽一口气，立刻朝左转身，拔腿就跑。“站住，小偷！”哈克斯特惊呼着，在后面紧追不舍。哈克斯特这段捉贼的记忆，可谓惊心动魄，但极其短暂。他看见那人就在前方，眨眼间已绕过教堂拐角处，朝山路的方向拼命狂奔。一路上，彩旗招展，欢声笑语，还有一两个路人回头朝哈特斯特张望。他再次大声疾呼：“抓贼啊！”可还没跑上十步，就感到自己被鬼使神差地拽住，根本迈不开腿，整个人以不可思议的速度飞向空中，地面正快速贴近自己的脸，眼前的世界似乎逐渐幻化为成千上万极速飞旋的光点。此后发生之事，他便一无所知[1]。

---

1 此后发生之事，他便一无所知（And the subsequent proceedings interested him no more）：此句引自美国作家布勒特·哈特（Bret Harte）描绘西部淘金历程的短诗《斯坦尼斯劳斯河上的社团》（*The Society upon the Stanislaus*，一八六八）。

第十一章　在车马旅店

事到如今，为了弄清车马旅店内究竟发生何事，我们有必要重新从马维尔先生首次出现在哈克斯特先生窗前的那一刻说起。

当时，卡斯先生和邦廷先生都在客房里。他们正在认真调查早晨发生的那桩怪事，并得到霍尔先生许可，对隐身人遗留的财物进行彻底搜查。摔倒昏迷的贾弗已逐渐恢复意识，在好心朋友的搀扶下回了家。霍尔太太已将陌生人散落的衣物清走，客房也被打扫干净。卡斯先生一眼便看见，窗台边陌生人伏案工作的书桌上摆放着三大本书稿，上面写有“日记”的字样。

“日记！”卡斯叫嚷起来，把三本书稿平铺在桌上，“无论如何，我们现在总算能了解些情况了。”牧师站在桌边，双手搁在台面上。

“日记。”卡斯重复道。他坐了下来，将三本书稿叠在一起，然后翻开最上面那本。“咦——扉页上竟然没有名字。讨厌！——密码……还有数字。”

牧师俯下身，在他背后端详着那本书稿。

卡斯一页页翻看着，刹那间露出失望的神色。“哎呀——天哪！全都是密码，邦廷。”

“一幅图都没有吗？”邦廷先生问道，“毫无任何能提供线索的插图——”

“你自己看吧，”卡斯先生说，“有些是数字，有些是俄文之类的文字（从字母形状判断），还有些是希腊文。不过……希腊文，我想你——”

“当然。”邦廷先生取出眼镜，边擦边说。突然，他感到有些惶恐——因为他的希腊文早就忘得一干二净，一句也说不出来。“是啊——希腊文嘛，当然，或许能提供线索。”

“我给你找一段。”

“还是让我先把这本书稿翻一遍再说，”邦廷先生说，仍不停擦拭镜片，“先有个总体印象，卡斯，然后……嗯，我们再来找找线索。”

他咳了一声，戴上眼镜，郑重其事地在鼻梁上架好，然后又是一声咳嗽，看来是免不了要当场出丑了。但他仍希望能发生什么插曲，以免自己陷入窘境。随后，他若无其事地接过卡斯递来的书稿。这时，事态果然出现转机。

门突然开了。

两人惊诧万分，回头一瞧，看见一个满脸红斑、头戴丝绒毡帽的家伙，这才松了一口气。“是酒吧吗？”那人站在门口，瞪着眼睛问道。

“不是。”两位先生异口同声地回答。

“在那边呢，老兄。”邦廷先生说。“麻烦把门关上。”卡斯先生说，显得颇不耐烦。

“好的。”不速之客回应道。颇为奇怪的是，他声音低沉，与初次问话时沙哑的嗓音截然不同。“到了，”他又用先前的语调说，“让开！”只听大喝一声，他关上门便不见了踪影。

“我看是个水手，”邦廷先生说，“这些家伙真是有趣。‘让开！’没错。我猜是个航海术语，就是指离开房间的意思。”

“我想也是，”卡斯附和道，“我今天有些神志不清了。门就这么打开——真把我吓了一跳。”

邦廷先生笑了笑，好像他未受惊吓似的，“现在，”他叹了口气说，“这些书稿。”

“等一下，”卡斯说着走上前去锁门，“现在没人能打扰我们了。”

正当他锁门之时，有人在抽动鼻子。

“有一点是无可辩驳的，”邦廷说着，顺手拉来一把椅子，坐在卡斯身旁，“这几天，艾平确实发生不少怪事——颇为离奇。当然，我根本不相信有什么荒诞无稽的隐身术——”

“确实难以置信，”卡斯说，“——难以置信。可事实上，我亲眼看见——我的确看见他袖口里——”

“但你是否——你肯定吗？比如，假设有一面镜子——很容易令人产生幻觉。不知你是否见过身怀绝技的魔术师——”

“我不想再争论，”卡斯说，“刚才已经说好了，邦廷。现在应该来看看这些书稿——啊！我想这里应该是希腊文！肯定是希腊字母。”

他指着一页书稿的中间几行。邦廷先生脸颊泛红，头向前凑得更近，显然他戴着眼镜也说不出个所以然。忽然，他感到脖颈后面有些异样。他试图抬起头，却被一股无形的阻力压得不可动弹。那是一种不可思议的压迫感，仿佛有一只结实的手，扼住他的下巴，重重地往桌面上摁，使他根本无力抗拒。“别动，俩臭家伙，”一个声音幽幽响起，“否则让你们脑袋开花！”邦廷看见卡斯的脸与他紧贴着，彼此发现对方都被吓得面如土色。

“出手重了，恕我无礼，”那声音说，“但我也是迫不得已。”

“你们何时学会窥探研究者的私人日记了？”那声音问道。两人的下巴同时朝桌上一撞，两副牙齿齐声咯吱作响。

“你们何时学会闯入不幸者的私人房间了？”又是一声撞击。

“他们把我的衣服放哪里去了？”

“听着，”那声音说，“窗户已上锁，房门的钥匙也已被我拔下。我身强力壮，手边还有一根拨火棍——何况我还能隐身。毋庸置疑，只要我愿意，便可杀了你们俩，然后轻而易举地逃之夭夭——明白吗？很好。要是饶了你们，你们能保证别给我惹麻烦，并照我的吩咐去做吗？”

牧师和医生两人面面相觑，只见医生一脸苦相。“保证。”邦廷先生回应道，医生也跟着重复一遍。于是两人脖颈上的压迫感随即得到释放。医生和牧师坐起身来，扭动着脑袋，满脸涨得通红。

“老实点，坐着别动，”隐身人喝道，“瞧，拨火棍就在这里。”

“我走进这房间的时候，”隐身人用拨火棍在两位来客的鼻尖上分别一指，继续说，“没料到屋内有人。我原来打算取回日记手稿，再找一套衣服。衣服在哪儿？不——不许站起来。我知道衣服不在这里。现在这种天气，白天还算暖和，一个隐身之人光着身子四处走动也无妨，但夜里就太冷了。我需要衣服——还有其他生活用品。这三本书稿，我必须带走。”

第十二章　隐身人大发雷霆

由于某种令人痛心的原因，故事讲述至此不得不再度中断。读者稍后便会明白其中缘由。正当客房里这一幕幕陆续上演之际，哈克斯特先生始终监视着倚在门边抽烟的马维尔先生，而就在十几码外的地方，霍尔先生正与泰迪·汉弗瑞讨论起艾平发生的这件头等大事，两人都有些困惑不解。

突然咣当一声，不知何物重重地撞在客房的门上，一声惨叫随之传来，不久——又陷入沉寂。

“你——好！”泰迪·汉弗瑞说。

“你——好！”吧台边有人回应道。

霍尔先生尽管迟钝，却颇有洞见。“不对劲。”他说完便绕过吧台，朝客房走去。

他和泰迪一起来到客房门口，两人面色凝重，露出若有所思的神情。“肯定出事了。”霍尔说。汉弗瑞点头表示赞同。一阵刺鼻的化学品气味扑面而来，他们听见屋内有人窃窃私语，语速很快，嗓音相当低沉。

“没事吧，先生？”霍尔敲着门问。

低沉的谈话声戛然而止，屋内顿时鸦雀无声。没过多久，声音再度响起，变成嘶嘶作响的耳语，紧接着是一声尖叫：“不！别，你别这样！”忽然，门后传来一阵骚动，椅子翻倒在地，随即是一番打斗，但很快又平静下来。

“搞什么鬼？”汉弗瑞低声嘀咕。

“你们——没——事——吧？”霍尔先生再次大声问道。

牧师回答时语速急促，音调十分古怪：“没——没事。请别——打扰。”

“真奇怪！”汉弗瑞先生说。

“的确奇怪！”霍尔先生附和道。

“他说，‘别打扰’。”汉弗瑞说。

“我也听见了。”霍尔说。

“还有鼻子抽动的声音。”汉弗瑞补充道。

他们继续守在门边听着，交谈声依然急促而低沉。“我不干，”邦廷先生提高嗓门喊道，“我告诉你，先生，我坚决不干。”

“怎么回事？”汉弗瑞问。

“他说‘坚决不干’，”霍尔说，“不是和我们说的吧？”

“真丢脸！”屋内传来邦廷先生的声音。

“真丢脸，”汉弗瑞先生重复道，“我听见了——清清楚楚。”

“现在谁在说话？”汉弗瑞问。

“我估计是卡斯先生，”霍尔说，“你能听见——在说什么吗？”

两人沉默不语。此时，屋内的交谈声含糊不清，着实令人费解。

“听起来像是在扔桌布。”霍尔说。

霍尔太太从吧台背后走出来。霍尔做了个手势，让她别出声，悄悄过来。不料霍尔太太极度反感，随即摆出一副妻子教训丈夫的架势。“你在那里听什么，霍尔？”她问道，“今天那么忙——难道你闲着没事干吗？”

只见霍尔使劲挤眉弄眼，做着手势，想让她明白当前的状况，可霍尔太太依然我行我素，还把嗓门提得更高了。霍尔和汉弗瑞只得垂头丧气，一边继续做着手势向她解释，一边踮着脚退回吧台边。

起初，霍尔太太对他俩的说辞置若罔闻。后来，她要求霍尔闭嘴，由汉弗瑞讲述事情的来龙去脉。听罢，她觉得此事根本是无稽之谈——说不定里面只是在搬动家具。“可我听见有人说‘真丢脸’，我听得清清楚楚。”霍尔说。

“我也听见了，霍尔太太。”汉弗瑞表示。

“很可能——”霍尔太太刚开口。

“嘘！”泰迪·汉弗瑞先生说，“窗户那儿有动静？”

“什么窗户？”霍尔太太问。

“客房的窗户。”汉弗瑞答道。

三个人站在那里，全神贯注地竖起耳朵听。六月骄阳下，旅店那面饰有圆角的矩形大门泛出耀眼的亮光，门前那条白亮马路也显得生机勃勃，而哈克斯特的杂货店门已被晒得起泡。霍尔太太目视前方，心不在焉地打量着眼前这一切。这时，杂货店的门突然打开，只见哈克斯特怒目圆睁，挥舞着手臂冲出屋外。“来人哪！”哈克斯特叫嚷起来，“抓贼啊！”他斜穿过矩形大门，冲进后院，消失得无影无踪。

与此同时，客房里传来一阵骚动，砰的一声窗户被关上。

霍尔、汉弗瑞和吧台边的所有人立刻一哄而上，朝街边涌去。他们看见一个身影从街道拐角处闪过，直奔山路，还看见哈克斯特先生腾空跃起，接着一个高难度的前空翻，结果脑袋朝下，俯身摔倒在地。街道另一边，有的人目瞪口呆地站在原地，有的则朝他们奔来。

汉弗瑞连忙上前，发现哈克斯特已不省人事，便停下了脚步。霍尔和吧台边赶来的两名伙计则迅速冲向拐角处，一路上语无伦次地大声叫嚷，眼睁睁看着马维尔先生消失在教堂墙角背后。情急之中，他们妄下定论，认为那是隐身人突然现出原形，于是拔腿沿着小巷追去。然而霍尔还未跑出十几码远，便惊恐万状地叫喊起来。只见他头朝下扑向路边，还伸手抓了身旁的伙计一把，将那伙计也拖倒在地。那伙计栽了个跟头，就像在足球赛场上被人绊倒似的。另一个伙计绕了个圈跑过来，定睛一瞧，以为是霍尔无意中自己摔倒的，于是转身想继续去追，却和哈克斯特一样，脚踝被绊了一跤。这时，先前那个伙计正挣扎着爬起来，不料又飞来一脚，那力气足以踹倒一头公牛。

在他倒地之际，从村庄草坪那边涌来的人群也赶到拐角处。领头者是椰靶投置游戏摊位的老板，他身材魁梧，身穿蓝色针织衫。他发现巷子里空空如也，只有三个人莫名其妙地趴在地上，不由得大吃一惊。随后，他感觉自己后面那只脚有些异样，一个趔趄翻滚在路边，下巴正好磕在他兄弟兼生意伙伴的脚上，那人也跟着扑倒在地。跟在后面的人群蜂拥而至，径直踩在他俩身上，一个接一个被绊倒，嘴里骂骂咧咧。

饱经世故的霍尔太太向来经营有方。当霍尔、汉弗瑞和伙计们跑出旅店的时候，她依然驻守在紧靠钱柜的吧台边。就在此时，客房的门突然打开，卡斯先生走了出来，甚至都没瞧她一眼，快速冲下台阶，朝街道拐角处奔去。“抓住他！”他大声疾呼，“别让他丢下那个包裹！只要拎着包裹，就能看见他。”

他全然不知还有马维尔先生这个人。原来，隐身人早在后院里就已将书稿和包裹交给马维尔。卡斯先生面露愠色，神情坚决，可衣服却不太得体，只系着一条松垮垮的白色苏格兰短褶裙，这身装扮恐怕只有在古希腊才合适。“抓住他！”他扯着嗓子吼道，“他抢走了我的裤子！还扒光了牧师的衣服！”

“待会儿再来照看他！”他从横躺着的哈克斯特身旁经过时，对汉弗瑞大声喊道，转身便朝街道拐角处奔去。刚涌入混乱的人潮，他就被突然绊了一跤，狼狈不堪地趴倒在地。这时，有人飞奔而过，重重地踩在他的手指上。他疼得呻吟起来，挣扎着起身，可又被撞得四脚朝天。卡斯这才意识到，自己卷入的并非一次追捕，而是一场彻底的溃败。众人纷纷朝村庄的方向撤退。他刚准备再次从地上爬起，耳背却猛然遭受重击。只得掉过头去，一瘸一拐地朝车马旅店走去。半路上，孤苦伶仃的哈克斯特正准备坐起身，却见卡斯从自己身上横跨而过。

卡斯刚走到旅店台阶中央，就听见背后喧哗的人群中突然爆发出一声咆哮，接着是一记响亮的耳光。他听得出那是隐身人的声音，并且从音调上判断，他似乎被人狠狠揍了一拳，瞬间大发雷霆。

不一会儿，卡斯先生回到客房里。“他回来了，邦廷！”他叫嚷着冲进房间，“你得小心点！”

此时，邦廷先生正站在窗边，试图用壁炉旁的地毯和一份《西萨里郡报》遮住自己的身体。“谁来了？”他问，吓得差点把“衣服”弄破。

“隐身人，”卡斯答道，随即跑向窗边，“我们最好快点离开这里！他疯了，见谁都打！彻底疯了！”

转眼之间，卡斯已逃进后院。

“天哪！”邦廷先生哀叹道。无论是走是留，都在劫难逃，他实在难以抉择。听见旅店连廊上传来激烈的打斗声，他才终于下定决心，爬出窗户，匆匆整理身上包裹的“衣服”，迈开胖乎乎的小腿，拼尽全力朝村庄另一头奔逃而去。

隐身人声嘶力竭的怒吼犹在耳畔，邦廷先生落荒而逃的经历更是刻骨铭心。艾平的故事叙述至此已无法再连贯地续写。或许隐身人的初衷只是为了掩护马维尔先生撤离，以便带走自己的衣物和书稿。然而他向来脾气暴躁，身上挨了一拳就一发不可收拾，趁机将心中的怒气彻底宣泄而出。他一路上大打出手，将众人掀翻在地，仅为满足自己伤害他人的欲望。

你一定能想象，人群在街上四处奔逃，争相抢夺藏身之所，关门声此起彼伏的景象。你一定能想象，混乱之中，老弗莱彻站在两把椅子支起的木板上，摇摇欲坠——最终酿成悲剧的场面。你也一定能想象，荡秋千的一对情侣惨遭毒手时惊恐万状的神情。这场巨大的风波之后，张灯结彩的艾平街道上已空无一人，只剩下怒气未消的隐身人。到处可见支离破碎的椰子壳，帆布帐篷亦被统统掀翻，还有大把糖果撒得满地都是。大街小巷关窗闭户之声不绝于耳，偶尔可见一双忽闪的眼睛，透过窗格角落，窥探外面的动静。

隐身人为逞一时之快将车马旅店的窗户悉数砸碎，随后抡起一盏路灯，猛地朝格里布尔太太家的窗户扔去。阿德丁路上，希金斯公寓附近那根连通阿德丁的电报线被人割断，想必罪魁祸首也是他。从此以后，他凭借自身的特异功能，完全消失在人们的视线中。艾平当地再也无人见过他的身影，也不曾听说他的传闻，更感受不到他的存在。隐身人已彻底销声匿迹。

大约两个小时后，终于有人壮着胆子，回到冷清空荡的艾平街道。

第十三章　马维尔先生告辞

夜幕低垂之际，艾平民众陆续探出头来，再次打量着这个公共假期的萧瑟残局，心中忐忑不安。这时，一个身材矮胖的人，戴着破烂不堪的丝绒毡帽，步履蹒跚地穿过暮色中的山毛榉树林，踏上通往布兰伯赫斯特的马路。他拎着三本用弹性装饰带捆在一起的书稿，还提着一个蓝色桌布罩着的包裹，脸涨得通红，显得既惶恐又疲惫，步伐时急时缓。还有一个声音陪伴在身旁，与他同行。每当被那只无形之手触碰，他就不由自主地浑身战栗。

“你要是再溜的话，”那声音说，“你要是胆敢再溜的话——”

“天哪！”马维尔先生疾呼，“我的肩膀被你打得全是瘀青。”

“我发誓，”那声音说，“我就杀了你。”

“我没打算溜，”马维尔委屈地说，几乎就要落泪，“我发誓我绝对没有。我根本不知道会碰见那个该死的拐角，真见鬼！谁知道那里会有个拐角呢？你就这么揍我——”

“你要是再不听话，小心我揍死你。”那声音说。马维尔先生顿时不再作声。他鼓起腮帮，露出近乎绝望的眼神。

“那些可恶的乡巴佬已经发现我的小秘密，这够糟糕了，你还想带着我的书稿远走高飞。刚才有几个人逃跑了，算他们走运！原本在这里……没人知道我是隐身人！现在该怎么办呢？”

“我该怎么做呢？”马维尔先生低声嘀咕。

“消息肯定传遍了。马上就会登报！我会成为众人围剿的对象，大家都提防着我——”说到这里，那声音狠狠咒骂了几句，便陷入沉默。

马维尔先生万念俱灰，步伐愈加迟缓。

“快走！”那声音喝道。

马维尔先生长满红斑的脸颊透出铁青的瘀痕。

“别把书稿弄丢了，蠢货。”那声音大声呵斥——走到前面。

“你得明白，”那声音说，“我要利用你……虽然你这工具太蹩脚，但我别无他法。”

“我是个可怜的工具。”马维尔说。

“没错。”那声音说。

“我是你最蹩脚的工具。”马维尔说。

“我不够强壮。”他沉默片刻，垂头丧气地说。

“一点也不强壮。”他重复道。

“不强壮？”

“而且我心脏也不好。这困扰着我——当然，我硬撑着挺过来——饶了我吧！我差点就一命呜呼。”

“怎么回事？”

“帮你干活需要胆识和魄力，可我全都没有。”

“我会督促你的。”

“但愿你别这么做。你知道，我不想搞砸你的计划。可我也说不准——我向来胆小怕事。”

“你最好别这样。”那声音说，语气异常平静。

“不如让我死掉算了。”马维尔说。

“这不公平，”他接着说，“你必须承认……我完全有权利——”

“走快点！”那声音叫嚷着。

马维尔先生加快脚步，两人又默不作声地走了一阵。

“太为难我了。”马维尔先生哀号起来。

眼看对方无动于衷，他又另生一计。

“这么做对我有何好处？”他再次开口，仿佛遭受莫大的委屈。

“哼！你给我闭嘴！”那声音陡然提高嗓门，呵斥起来，“我保证你会没事的。照我吩咐的去做，你一定可以做到。虽然你是个蠢货，十足的蠢货，但你也可以做——”

“实话告诉你吧，先生，我根本不适合做这事。恕我直言——可是这真的太——”

“你再不闭嘴，我就拧断你的手腕，”隐身人说，“我要静一静。”

这时，两道昏黄的霞光透过树林倾泻而下，远处教堂的方塔在暮色中若隐若现。“等会儿路过村庄的时候，”那声音说，“我会把手搭在你肩膀上。你就径直往前走，别耍花招。你要是敢耍赖，就让你吃不了兜着走。”

“我明白，”马维尔先生叹了口气，“我全都明白。”

这个愁容满面的流浪汉，头戴破旧不堪的丝绒毡帽，手里提着那两件行囊，穿过这座小小村庄。街道上灯火通明，他的身影逐渐消失在愈加深沉的夜色之中。

第十四章　斯托港畔

次日上午十点，马维尔先生坐在斯托港郊外一家小旅馆门前的长凳上，双手深插口袋，身旁摆放着厚厚的书稿。他胡子拉碴，蓬头垢面，一副风尘仆仆的模样，还时不时鼓起脸颊，神色凝重，显得疲惫不堪、无精打采。值得注意的是，那三本书稿已换成细绳捆扎。由于隐身人改变计划，原先的包裹已被丢弃在布兰伯赫斯特附近的松树林里。马维尔先生坐在长凳上，尽管根本没人注意到他，但他依然提心吊胆，双手反复伸向自己的口袋，神色慌张地在里面来回摸索。

在待了将近一个小时之后，有个年迈的水手拿着一份报纸，从旅馆里走出来，坐在他身旁。“天气真好。”水手开口说。

马维尔先生有些错愕地瞥了他一眼。“是很好。”他附和道。

“现在就应该是这样的好天气。”水手接过话茬继续说。

“是啊。”马维尔先生说。

水手取出一根牙签，全神贯注地剔起牙来（时不时还会寒暄几句）。其间，他的眼睛也没闲着，来回打量着马维尔先生衣衫褴褛的模样，及其身旁那些书稿。他先前刚靠近马维尔先生的时候，听见类似硬币落进口袋的声响，心里已有些吃惊，没料到眼前这个其貌不扬的家伙竟然如此富有。此刻，他的思绪又回到那个始终萦绕在脑海里的话题。

“是书吗？”他突然问道，咔嚓一声将牙签折断。

马维尔先生大吃一惊，看着那些书稿。“噢，是的，”他说，“没错，的确是书。”

“书里面可以读到一些匪夷所思的事情。”水手说。

“你说得对。”马维尔先生说。

“书外面也会遇见一些匪夷所思的事情。”水手又说。

“说得也对。”马维尔先生回应道。他瞅了对方一眼，随后环顾四周。

“比如，报纸上就会刊载匪夷所思的事情。”水手说。

“确实如此。”

“这份报纸上就有。”水手说。

“噢？”马维尔先生表示疑惑。

“举个例子，上面有篇报道，”水手接着说，一边紧紧盯着马维尔先生，仔细打量，“是关于隐身人的新闻。”

马维尔先生撇着嘴，挠挠脸颊，感到双耳发烫。“还写了什么？”他有些心虚地问，“在奥地利，还是美国？”

“都不是，”水手答道，“就在这里。”

“天哪！”马维尔先生惊叫一声。

“我说的‘这里’，”水手开始解释，“当然不是指这个地方，我是说这里附近。”马维尔先生这才如释重负。

“隐身人！”马维尔先生说，“他都干了些什么？”

“什么都干，”水手目不转睛地注视着马维尔说，继而加重语气强调道，“什么——鬼事——都干。”

“我已经四天没看报了。”马维尔说。

“他最早出现在艾平。”水手说。

“真的——吗？”马维尔诧异地问。

“他突然现身，似乎没人知道他从哪里来。就是这篇：《艾平奇闻》。报纸上说证据确凿——绝非空穴来风。”

“天哪！”马维尔先生惊呼。

“不过，这篇报道也很奇特。目击者是一位牧师，还有一位医生——他们起初觉得那人很正常——至少没有见过他的真面目。据说，那人住在车马旅店，没人知道他的不幸身世。报纸上说，后来他在旅店里和别人发生争吵[1]，将头上的绷带全扯下来，大家这才发现他的脑袋是看不见的。于是人们立刻决定抓捕他。但报道称，他当时脱光衣服拔腿就逃，半途中还与我们尊敬又能干的贾弗警官展开殊死搏斗。结

1 争吵：原文中，“争吵”（altercation）被拼写成“变形”（alteration）。有学者认为，这处近音词误用（malapropism）可能是威尔斯有意而为，暗指隐身人扯下绷带现出原形，使人联想起古罗马诗人奥维德的《变形记》。

果，贾弗身负重伤，隐身人却逃之夭夭。瞧，报道写得头头是道，有名有姓。”

“天哪！”马维尔先生喊道。他惶恐不安地东张西望，双手在口袋里摸索着，想算出自己有多少钱，脑海中还浮想联翩。“听起来真可怕。”

“可不是嘛！正如我所说，简直匪夷所思。以前从未听说过还有什么隐身人，从来没有。可现如今，匪夷所思的事情已经司空见惯了。”

“他就干了这些？”马维尔故作镇定地问。

“难道这些还不够多？”水手回应道。

“他没找机会再溜回来吗？”马维尔接着问，“逃跑之后，就没下文了？”

“没了！”水手感叹道，“怎么？——还不够吗？”

“够了。”马维尔说。

“我觉得够了，”水手说，“确实够了。”

“他没有同伙——报纸上没提他有同伙，是吗？”马维尔先生问，显得颇为急切。

“就这么一个你还嫌不够？”水手反问道，“没有，真是谢天谢地，他没有同伙。”

他微微点了点头。“一想到这家伙还在四处乱窜，我就浑身不自在！目前，他仍逍遥法外，有证据表明，他已经——逃往——我估计他们的意思是‘逃到’——斯托港。你瞧，就在我们这里！这可不是你说的什么美国奇闻了。想想他会惹出什么事来！万一他喝醉酒，来找你麻烦，怎么办？如果他想抢劫——谁能拦得住他？他可以到处乱闯，可以入室盗窃，还可以越过警察设置的警戒线，就像我们从瞎子眼皮底下溜走一样容易！没准容易得多！因为据说瞎子耳朵特别灵敏。哪里有他想喝的酒，就会——"

"他果然有很大的优势，"马维尔说，"而且……"

"你说得没错，"水手说，"得天独厚的优势。"

马维尔先生自始至终都留意着周围的情况，听着一切轻微的脚步声，试图分辨任何难以察觉的动静，似乎打算做出什么重大决定。他还用手捂着嘴巴咳嗽了几声。

再次环顾四周，听了一会儿后，他俯身凑近水手，压低嗓音说："其实——我碰巧——知道这个隐身人的一些情况。是通过私人关系打探来的。"

"呵！"水手兴致勃勃地说，"你知道？"

"没错，"马维尔先生说，"我知道。"

"当真？"水手说，"那请问——"

"你会大吃一惊的，"马维尔先生捂着嘴说，"简直不可思议。"

"肯定！"水手说。

"事实是。"马维尔先生悄悄地说，语气神秘兮兮，显得有些迫不及待。突然，他变了脸色。"哎哟！"他叫嚷着，直挺挺地从长凳上立起身，一脸痛苦的表情，像是正遭受肉体上的折磨。“哇！”他又喊着。

“怎么了？”水手关切地问。

“牙疼，”马维尔先生说着用手捂住耳朵，另一只手拎起那些书稿，“我想，我得先走一步。”只见他贴着长凳挪动身体，打算离开对方，姿势颇为古怪。“可你还没告诉我隐身人的事情呢！”水手表示不满。这时，马维尔先生好像在自言自语。“骗局。”一个声音说。“那不过是个骗局。”马维尔先生开口说。

“可报纸上都刊登了。”水手说。

“全都是骗人的，”马维尔说，“而且我认识那个造谣的家伙。根本就没有什么隐身人——相信我。”

“但这报纸是怎么回事？你的意思是说——”

“没有一个字是真的。”马维尔斩钉截铁地说。

水手拿起报纸，瞪大了眼睛。马维尔先生猛地转过身去。“等一下，”水手站起身，慢吞吞地说，“难道你是说——？”

“没错。”马维尔先生说。

“那你为何还让我把这骗人的破事说给你听？让我一个人出尽洋相，你究竟安的什么心？啊？”

马维尔先生鼓起腮帮。水手顿时气得面红耳赤，紧紧攥着拳头。“我在这里唠叨了十多分钟，”他说，“可你这个该死的混蛋，腆着肚子，简直厚颜无耻，连最基本的礼貌都没有——”

“别和我斗嘴。”马维尔打断他。

“斗嘴？我好心好意——”

“快走。”那声音催促道。猛然间，马维尔先生转过身去，浑身抽搐地大步向前走，看起来很是诡异。“你最好赶快滚蛋。”水手吼道。“谁滚蛋？”马维尔先生反问。他斜侧着身，迈着急促而古怪的步伐离去，时而猛地向前一冲。走了一段路，他开始喃喃自语，仿佛在抗议，又似在指责。

“蠢货！”水手两腿分立，双手叉腰，望着远去的背影骂道，“我会证明给你看，你这个混蛋——竟敢欺骗我！看见没——报纸上写得清清楚楚！”

马维尔先生一边走远，一边语无伦次地反驳着，拐过弯便消失在路的尽头。然而水手依然站在马路中央，一副咄咄逼人的模样，直到一位屠夫驱车经过，他才不得不让开。随后，他扭头向斯托港走去。“到处都是这种混账东西，”他轻声嘀咕着，“不过是想在我面前逞能——敢跟我耍把戏——报上白纸黑字登着呢！”

没过多久，他又听说一件匪夷所思的事情，而且就发生在他身边。有人看见“一大把钱”（甚至更多），凭空沿着圣迈克尔巷拐角的墙壁向前穿行。那天清晨，水手的一位弟兄亲眼看见这神奇的一幕。当时，他伸手想去抓那把钱，却一头栽倒在地。等他爬起来时，那把如蝴蝶般翩翩起舞的钱，早已消失得无影无踪。我们这位水手总是会轻易相信任何事，但这件事实在过于离谱。不过后来，他开始仔细考虑整件事。

有关钱会飞的传言，确有其事。那天，附近整个地区，无论是威严庄重的伦敦地方银行[1]，还是商店旅馆的收银台——由于阳光明媚，个个敞开大门——都有成把成卷的钱，神不知鬼不觉地不翼而飞。它们悄无声息地沿着墙壁和暗处穿行，一路上机敏地躲避着行人的目光。虽然没有人跟踪它们，可那些钱在结束其神秘的飞行之旅后，都无一例外地落入一位焦躁不安的绅士口袋里。他头戴破旧的丝绒毡帽，正坐在斯托港郊外一座小小的旅馆门前。

* * *

十天以后——当一桩怪事在伯多克发生之际——水手才从千头万绪中幡然醒悟，原来他曾与神秘的隐身人如此近距离地接触过。

---

1 伦敦地方银行（London and County Banking Company）：一八三六年创办，时名“萨里郡、肯特郡和萨塞克斯郡银行”，后于一九三九年更名为“伦敦地方银行”，总部位于伦敦朗伯德街二十一号，是十九世纪末英国最大的银行。一九〇九年，该行与威斯敏斯特银行合并重组，是国民威斯敏斯特银行（NatWest）的前身。

第十五章　奔跑者

傍晚时分，肯普博士正坐在自己的书房里。这间书房位于山顶的瞭望台，可以将伯多克全城尽收眼底。书房小巧玲珑，北面、西面和南面各开着一扇窗，书架上摆满了书籍和科学期刊，屋内还有一张宽敞的写字台。北面的窗户下方，摆放着一架显微镜，还有几块盖玻片、几台精密仪器、一些培养皿和散乱的试剂瓶。尽管落日余晖仍映照着天空，肯普博士却已将太阳灯[1]早早点亮，不过百叶窗并未拉下，因为根本不用担心路人会探头偷窥，便无须多此一举。肯普博士是个身材瘦长的年轻人，头发泛着亚麻色，胡须却几乎全白。他希望自己能凭借目前的研究，赢得皇家学会[2]院士的头衔，他对这项殊荣颇为看重。

---

1 太阳灯（solar lamp）：阿尔冈灯（argand lamp）的改良版。阿尔冈灯诞生于十八世纪末，由瑞士人艾米·阿尔冈（Aimé Argand）在英国发明，设计有圆柱形玻璃灯罩和调节灯芯火焰的输气装置。

2 皇家学会（Royal Society）：创立于一六六〇年，是世界上历史最悠久的科学学会，全名“伦敦皇家自然知识促进学会”（Royal Society of London for Improving Natural Knowledge），在英国起着国家科学院的作用。

此刻，他的目光已离开眼前的工作，望着如火的夕阳在对面山坡背后熊熊燃烧。他衔着钢笔端坐着，欣赏山顶上金碧辉煌的晚霞。很快，有个黑乎乎的小小身影出现在他的视线中，正越过山顶朝这边跑来。那人个子矮小，头顶高帽，双腿快速交替着，健步如飞。

“又是个傻瓜，”肯普博士说，“今天早晨在街角就撞见一个蠢货，口中念念有词，说什么‘隐身人来了，先生！’真不知道这些人中了什么邪，还以为回到十三世纪呢。”

他站起身来，走到窗前，盯着昏暗的山坡上那个疲于奔命的漆黑身影。“他看起来行色匆匆，”肯普博士说，“但似乎并未前进多少。即便口袋里灌满铅，也不会跑得像他这么吃力。”

“冲啊，先生。”肯普博士心里嘀咕。

转眼间，从伯多克延伸至山坡高处的别墅，已将那个身影遮挡起来。片刻之后，他再次现身，随即又消失，不一会儿又出现，如此反复时隐时现，先后穿过三幢隔开的楼房，最终隐没在一片排屋背后。

“蠢货！”肯普博士说着转过身，回到写字台边。

然而那些行走在空阔的马路上、近距离目睹那位奔跑者面容的人，则丝毫不像肯普博士那般不屑一顾。他们看见那人满头大汗，脸上流露出极度恐惧的神情，模样甚为凄惨。他步伐沉重，奔跑时身上叮当作响，好似装满金币的钱袋在来回摇晃。他目不斜视，瞪大了眼睛，直勾勾地盯着山下灯火通明、人头攒动的街道，歪着嘴巴，唇边泛起白沫，大声喘着粗气。与他擦肩而过的路人，纷纷停下脚步，回望着他来时的那条山路，彼此交头接耳，猜测他步履匆匆的缘由，一丝不安的情绪逐渐蔓延。

就在这时，远处山顶上，一条在路边玩耍的狗突然狂吠一声，迅速钻到门后躲了起来。正当众人疑惑之际——有一阵风——仿佛啪嗒啪嗒的脚步声——又似粗重的喘气声，呼啸而过。

街上的行人惊叫起来，开始四处逃窜。一路上，呼喊声此起彼伏，连山脚下的人群也本能地叫嚷起来。马维尔跑到半路的时候，他们已经在街道上呼喊了。听闻消息的民众赶忙冲进屋内，砰的一声锁紧房门。马维尔见状赶紧加快脚步，发起最后的冲刺。恐惧不断弥漫，迅速将他包围。顷刻之间，整个城镇都笼罩在恐惧之中。

“隐身人来了！是隐身人！”

第十六章　在快乐板球手旅店

快乐板球手旅店坐落于山脚下，那里亦是有轨马车[1]的始发站。酒保正伸出红润的胖胳膊倚靠在柜台上，与一位面无血色的马车夫谈论养马之事。而在一旁，有个身着灰衣、胡须乌黑的男人，一边嚼着饼干和奶酪、喝着伯顿[2]啤酒，一边操着美国口音和一位刚下班的警察聊天。

“外面在叫嚷什么？”那个面色苍白的马车夫突然扯开话题。他努力透过旅店窗户低处脏兮兮的黄色百叶窗，朝山上张望。有个人影恰好从窗前闪过。“也许是着火了。”酒保猜测道。

脚步声越来越近，显得相当沉重。突然，旅店大门被猛地推开，只见马维尔哭丧着脸冲进门来，头发凌乱，毡帽不知去向，外套的衣领也已开裂。他跌跌撞撞地转过身，打算将门关上，却发现门被一根绳索拴着，只能半开半掩。

1　有轨马车：由马匹牵引车辆、车轮在钢制轨道上滚动行驶的交通运输工具，后被火车取代。

2　伯顿（Burton）：英国斯塔福德郡东部城市，以酿酒业而著称，全名“特伦特河畔伯顿”（Burton upon Trent）。

“来了！”他惊恐万状地尖叫起来，声音颤抖不止，“他来了。隐身人！他在追踪我！上帝保佑！救命！救命！救命啊！”

“把门关上，”警察喝道，“到底谁来了？吵什么呢？”他说着走向门口，松开绳索，门砰的一声关上了。那个美国人也将另一扇门关上。

“让我到里面去。”马维尔带着哭腔哀求。他一路蹒跚着走来，手里仍牢牢地抓着那些书稿。“让我到里面去，把我锁起来——哪里都行。我告诉你们，他在追踪我。我趁机甩了他。他扬言要杀了我，他绝对会的。”

“你现在很安全，”那个黑胡子男人说，“门已经锁上。究竟怎么回事？”

“让我到里面去。”马维尔说。话音未落，紧锁的大门被一记重拳震得直颤，吓得他大声惊叫。随即，门外传来一阵急促的敲门声和叫嚷声。“喂，”警察喊道，“谁在外面？”马维尔先生看见护墙板，以为是房门，便发疯似的冲了过去。“他会杀了我的——他手里拿着刀之类的利器。上帝保佑——！”

“这边走，”酒保说，“快进来。”说着掀开吧台的挡板。

这时，门外的叫嚷声再次响起，马维尔先生赶忙躲到吧台后面。“别开门，”他声嘶力竭地喊道，“求求你们，千万别开门。我该躲在哪儿？”

“难道……这就是……隐身人？”黑胡子男人问，一只手放在身后，“是时候见见他的真面目了。”

突然，旅店的窗户被砸碎，街上传来一阵尖叫，只听人群在往来奔逃。警察站在靠背沙发上，探头朝外面张望，想看清门口究竟是谁。他跳下沙发的时候，不禁皱起眉头。“是那家伙。”他说。马维尔先生已被锁在酒吧间里，酒保站在房门口，注视着被砸碎的窗户，然后又绕到另外两个人跟前。

刹那间，屋内鸦雀无声。“我要是带着警棍就好了，”警察说着有些踌躇地朝大门走去，“一旦开门，他就会闯进来，谁都甭想拦住他。”

“先别急着开门。”面无血色的马车夫着急地说。

“把门闩打开，”黑胡子男人说，“要是他闯进来——”他亮出手中的左轮手枪。

“那可不行，”警察说，“那是谋杀。”

“我很清楚自己在哪个国家，”黑胡子说，“我会瞄准他的腿打。把门闩打开。”

“千万不要在我背后开枪。”酒保说着，伸长脖子朝百叶窗外张望。

“没问题。”黑胡子男人说。他俯下身，握紧手枪，拉开门闩。酒保、马车夫和警察纷纷转过身来。

“进来。”黑胡子男人压低嗓音说。他全身往后一闪，把手枪藏在背后，紧紧盯着已经解锁的门。然而并没人进来，门依然关着。五分钟后，当另一位马车夫小心翼翼地探头进门时，他们几个人仍在原地等待。这时，一张焦急的脸庞探出酒吧间，透露了一个重要信息。“所有的门都锁上了吗？”马维尔问，“他会四处徘徊——潜伏在周围。像魔鬼一样，狡猾得很。”

“我的天哪！”身形魁梧的酒保叫嚷道，“还有后门呢！快去看看那几扇门！我说——！”他不知所措地环顾四周。酒吧间的门砰的一声关上，他们听见钥匙转动的声响。“还有后院的门和便门。后院那扇门——”

他拔腿奔出吧台。

不一会儿，他又出现了，手里握着一把切肉刀。“后院的门开着！”他耷拉着厚厚的下嘴唇说。“他现在可能就在屋里！”第一个马车夫说。

“他不在厨房，”酒保说，“里面只有两个女人，我用这把切牛肉的刀，把里面各个角落都捅了一遍。她们俩也都认为他没进来过。她们没看见——”

“后院的门锁好了吗？”第一个马车夫问。

“我又不是三岁孩子。”酒保回应道。

黑胡子男人收起手枪。就在这时，吧台的掀板突然合上，咔嗒一声扣起插销。紧接着传来一声巨响，酒吧间的门闩顿时折断，门也被撞开。众人听见马维尔恍如被擒获的野兔，在声嘶力竭地哀号，于是连忙翻过柜台去营救。黑胡子男人立刻扣动扳机，只听一声枪响，酒吧间里的穿衣镜应声而裂，碎玻璃哗啦一下散落在地。

酒保一进门，便看见马维尔全身蜷缩，拼命挣扎着抵住通往后院和厨房的门，姿态颇为古怪。正当酒保犹豫不决之际，那扇门突然打开，马维尔被拖进厨房。转眼间，里面响起撕心裂肺的尖叫声，还有锅碗瓢盆跌落的叮当声。马维尔头朝地，奋力向后挣扎，却被强行拖至厨房门口，门闩已被拉开。

原本想冲在酒保前面的警察，此刻也闯了进来，身后跟着马车夫。警察一把抓住揪着马维尔衣领的那只无形之手，结果却迎面挨了一拳，踉跄着直往后退。厨房的门被打开，马维尔竭尽全力挣扎，想在门口站稳。这时，马车夫似乎抓到什么东西。“我抓住他了。”马车夫喊。酒保红润的胖手也伸过来，紧紧拽住那个看不见的东西。“他就在这儿！”酒保叫唤道。

马维尔先生顿时得到解脱，一下子摔倒在地。众人在门边厮打起来，马维尔拼命地想从他们身后爬出去。霎时间，屋内响起一声刺耳的咆哮，这是人们第一次听见隐身人的声音，原来警察正踩在他的脚上。他不禁勃然大怒，高声吼叫起来，像抡起连枷似的挥舞着自己的拳头。突然，马车夫被踢了一脚，伤了隔膜，惨叫着弯下腰去。厨房通往酒吧间的门砰的一声关上，马维尔先生正好趁机逃离现场。厨房里的人们很快便发现，他们正漫无目的地胡乱打斗。

“他去哪儿了？”黑胡子男人纳闷地问，“逃走了？”

“这边。”警察说着走进后院，然后停下脚步。

这时，一块瓷砖从他头顶上呼啸而过，砸碎了厨房桌子上的陶罐。

“得给他点颜色瞧瞧。”黑胡子男人喊道。话音刚落，警察的肩膀上方出现一根铮亮的钢制枪管。五发子弹接二连三地掠过暮色渐深的天际，射向瓦片袭来的方向。黑胡子男人扣动扳机时，不断移动枪口，画出一道横向的弧线，这使子弹犹如车轮辐条那般，从各个角度射进狭小的后院。

随之而来的便是死一般的沉寂。“五发子弹，”黑胡子男人说，“干得漂亮。四张爱司，一张鬼牌。[1]来人啊，提盏灯来，瞧瞧他的尸体在哪里。”

---

1 四张爱司，一张鬼牌（four aces and a joker）：扑克牌中，四张A和一张大小王（或称“大小怪”），被视为胜利和好运的象征。

第十七章　肯普博士的访客

肯普博士一直在书房埋头写作，那阵枪声响起才将他惊动。砰，砰，砰，一枪接着一枪。

“嘿！”肯普博士说着，又把钢笔衔在嘴里，侧耳聆听，“谁在伯多克开枪？那些蠢货在搞什么鬼？”

他走到朝南的窗户前，往上推开窗，俯瞰山脚下的城镇。夜色阑珊中，映入眼帘的是星罗棋布的窗户，鳞次栉比的商店，煤气灯点缀其间，好似一串串珍珠，层层叠叠的庭院在屋顶掩映下暗影斑驳。“山下似乎聚集着一群人，”他说，“就在板球手旅店附近。”他继续观察着。随后，极目远眺，视线越过小镇，投向更远的地方。只见海上船灯摇曳，码头灯火通明——岸边那座小巧玲珑的多角亭亮光闪烁，犹如一颗金光灿烂的宝石。西边的山岗上，一弯新月高悬天际，夜空中繁星璀璨，仿佛置身于热带。

目睹此情此景，肯普博士不禁思绪万千，沉浸于对未来社会状况的遐想，竟浑然忘记时间。五分钟后，他一声叹息，从神游中清醒过来，再次拉下窗户，回到写字台前。

大约过了一个小时，楼下响起门铃声。自从传来那阵枪声，肯普博士写作时总是心不在焉，落笔颇为迟钝。他坐在那里听着，听见女佣前去开门，便等待她上楼的脚步声，可她迟迟没有出现。“究竟是谁呢？”肯普博士心想。

他试图继续写作，却始终无法静下心来。于是他走出书房，下到楼梯口，拉响摇铃。见女佣走到楼下大厅，他便倚着栏杆叫住她。“是送信的吗？”他问。

“有人按下门铃就跑了[1]，先生。”女佣回答。

“我今晚有些心神不宁。”肯普博士自言自语。他又走回书房，下定决心认真写作。不一会儿，他再次埋首于研究之中。房间里只能听见滴答作响的钟声和羽毛笔画过纸面的微弱沙沙声。台灯投下的光圈映照出他奋笔疾书的身影。

肯普博士完成手头的工作时，已是深夜两点。他站起身，打了个哈欠，下楼去睡觉。脱下外套和马甲后，他忽然觉得口干舌燥，便点燃蜡烛，去楼下的餐厅找吸管和威士忌。

肯普博士由于常年从事科学研究，养成了极为敏锐的观察力。当他路过门厅往回走时，发现楼梯脚垫旁的油地毡上有块深色的斑点。他拾级而上，心中困惑不解，油地毡上的那块斑点究竟是什么？显然他潜意识中感到此事有些蹊跷。

1 按下门铃就跑了：原文为“runaway ring”，意指捉迷藏式的恶作剧，源起于十九世纪的英国，也被称为“knock, knock, ginger”或“knock down ginger”，孩童敲响门铃后，在开门前逃开。

于是他提着东西转身回到门厅，放下吸管和威士忌，俯身去摸那块斑点。那斑点有些黏手，从颜色判断，像是一滴尚未干透的血渍。不过，他并未因此感到诧异。

他又拿起吸管和威士忌，回到楼上。一路上，他四处张望，心里琢磨着血渍的由来。刚走到楼梯口，眼前的景象令他大吃一惊，他不由得停下脚步。原来他卧室的门把手上也血迹斑斑。

他伸出双手瞧了瞧，并无任何血渍。顿时想起，先前从书房下楼时，卧室的门敞开着，自己根本没有碰过门把手。他径直走进卧室，面色颇为平静——显得比平日更加从容不迫。环视四周，他的目光最终定格在床榻。只见床罩上有一摊血迹，床单也被撕破。先前他进屋时直接走到梳妆台，所以并未留意这一切。而在床的另一侧，被褥明显已被压塌，仿佛有人刚坐在那里。

某种异样的感觉向他袭来，耳边响起一个低沉的声音，“天哪！——肯普！”然而肯普博士从不轻信这种虚无缥缈的幻听。

他站在原地，紧紧盯着被弄乱的床单。真的有人在说话吗？他又朝周围打量了一番，除了这张凌乱不堪、沾有血渍的床单，并无其他异常迹象。随后，他清楚地听见房间一侧的盥洗台附近有动静。任何人，无论多有教养，总会心存一些迷信的想法。此刻，一种可称之为“怪诞”的感觉涌上他的心头。肯普博士关上房门，走到梳妆台前，放下手中的东西。他刚抬起头，猛地吓了一跳，只见自己和盥洗台之间，有一条亚麻破布卷成的绷带悬挂在半空中，上面满是血迹。

他目瞪口呆地愣在原地。这是一卷空心绷带，缠绕得很规整，但里面却空无一物。肯普博士本打算伸手去抓，可不知何物一把将他挡住。有个声音近在咫尺。

“肯普！”那声音说。

“啊？”肯普张大嘴巴。

“别慌，”那声音接着说，“我是隐身人。”

肯普怔怔地望着绷带，一时竟不知该如何作答。“隐身人？”他说。

“我是隐身人。”那声音重复道。

当天上午他曾嗤之以鼻的消息，此刻闪现在他的脑海。他没有惶恐不安，也并未大惊失色。不久，他就慢慢醒悟过来。

“我一直以为那是谣言。”他说，心里回想起早晨那个撞到他的人嘴里念叨的话。“你缠着绷带？”他问道。

“是的。”隐形人说。

“噢！”肯普说着振作起精神。“我说呢！”他说，“根本就是无稽之谈，不过是些骗人的把戏。”他突然上前一步，把手伸向绷带，却触碰到几根看不见的手指。

他立刻向后退缩，脸色骤变。

“镇静些，肯普，看在上帝的分上！我急需帮助，别这样！”

那只手握住他的胳膊，他连忙伸手抵抗。

“肯普！”那声音喊道，“肯普！你镇定点！”那只手握得更紧了。

肯普歇斯底里地挣扎起来，一心想摆脱对方的束缚。缠着绷带的手揪着他的肩膀，他顿时被绊住，一头栽倒在床上。他刚要张嘴呼喊，就被床单一角塞住喉咙。隐身人无情地将他紧紧按住，但肯普的两条胳膊还能自由活动，于是他便赤手空拳乱打一气。

“你听我说，好吗？”隐身人嚷道。尽管他被肯普屡屡击中肋骨，却依然压着不松手。“天哪！你快把我逼疯了！”

“躺着别动，你这个蠢货！”肯普耳边传来隐身人的咆哮。

肯普又挣扎了一会儿，就躺着不动了。

“你要是敢叫，我就打烂你的脸。”隐身人说着，取出塞在肯普嘴里的床单。

“我是隐身人。这并非荒唐之言，也绝不是玩弄把戏。我真的是个隐身人。我需要你的帮助。我不想伤害你，但你若像那些乡巴佬似的做出疯狂之举，就别怪我动手。你还记得我吗，肯普？格里芬，伦敦大学学院[1]的？”

“让我起来，”肯普说，“我就坐在这里不动，我想冷静一下。”

他坐起身，摸了摸脖颈。

“我是伦敦大学学院的格里芬，我把自己变成了隐身人。我只是个普通人——你认识我的——我隐身了而已。”

“格里芬？”肯普有些疑惑。

“正是格里芬。”那声音回答，“我是你的学弟，算是个白化病人，六英尺高，身材魁梧，脸色粉白，眼睛泛红，还得过化学奖章。”

“我糊涂了，”肯普说，“我现在晕头转向。这和格里芬有什么关系？”

“我就是格里芬。”

肯普思索片刻。“这太可怕了，”他说，“可是什么魔法能让人隐身呢？”

“不是魔法，而是方法，一种合情合理又明白易懂的方法——”

“真可怕！”肯普说，“究竟怎么——？”

“是够可怕的。但我受了伤，又疼又累……上帝保佑！

1 伦敦大学学院（University College London）：建于一八二六年，是伦敦大学联邦的创始成员。威尔斯于一八九〇年毕业于当时的皇家科学院（即现在的伦敦帝国理工学院），该校曾为伦敦大学联邦成员。

肯普，你是个好人。镇静些。给我拿点吃的喝的，让我在这里坐一会儿。”

肯普注视着这团在房间里飘荡的绷带，随即看见一张藤椅贴着地板拖动，最终停在床边。只听嘎吱一声，坐垫向下凹陷约四分之一英寸。他揉了揉眼睛，又摸了摸脖颈。“简直比鬼还怪。”说着便傻笑起来。

“这就对了。谢天谢地，你总算想明白了！”

“恐怕是更糊涂了。”肯普感叹道，用指关节擦着眼睛。

“给我喝点威士忌。我快撑不住了。”

“不至于吧。你在哪里啊？我站起身会不会撞到你？在那儿！好吧。要威士忌？就在这里。我怎么递给你呢？”

藤椅吱吱作响，肯普感觉手中的酒杯被人取走。他勉强松手，其实内心根本不愿意。只见酒杯悬空停在藤椅坐垫前端上方二十英寸的地方。他一脸茫然地凝视着酒杯。“这是——肯定是——催眠术。你事先暗示过你能隐身。”

“一派胡言。”那声音说。

“真是匪夷所思。”

“听我说。”

“今天早晨我还做实验论证过，”肯普开口说，“隐身术——”

“先不管你论证过什么！——我饿得要死，”那声音说，“而且我没穿衣服，夜里真的太冷了。”

“要吃的？”肯普问。

盛着威士忌的酒杯自动倾斜过来。“是的，”隐身人说，啪的一声放下酒杯，“有睡袍吗？”

肯普低声感叹几句，走到衣柜前，取出一件猩红色长袍。“这件行不行？”他问。睡袍立刻被接过去，软绵绵地悬挂在半空，并以一种古怪的姿态迅速撑开，转眼间就直挺挺地竖立起来，规规矩矩地系好纽扣，在藤椅上坐定。“把衬裤、袜子、拖鞋也拿来，就更舒服了，”隐身人语气有些无礼，“还有食物。”

“什么都有。可我这辈子从未干过这样的荒唐事！”

肯普拉开抽屉，翻出这几样东西，又跑下楼把餐柜搜了个遍。他带着几片冷肉排和面包回到卧室，拉出一张便携桌，把食物摆在客人面前。“用不着餐刀。”客人说。只见一片肉排悬于半空，伴随着咀嚼的声响。

“隐身术！”话音刚落，肯普便一下子坐在卧室躺椅上。

“我吃饭之前，总喜欢拿东西当围兜挡一下，”隐身人嘴里塞得满满的，一边说着，一边贪婪地咀嚼食物，“这是我的怪癖！”

“你的手腕没事吧？”肯普问。

“放心吧。”隐身人说。

“真是大千世界无奇不有——”

“没错。但奇怪的是，我竟会闯进你家里来包扎绷带。我头一回如此走运！总之，我今晚打算睡在这个房间里。你得多担待些！我流了不少血，看起来肮脏不堪，很讨厌吧？那里就有一大块血渍。而且我知道，一旦血液凝固才会显现出来。我只改变了有生命的细胞组织，而且只有当我活着时才这样……我已在这座房子里待了三个小时。”

“可你究竟是怎么做到的？”肯普带着愠怒的口吻发话了，“莫名其妙！整件事——彻头彻尾全都不合常理。”

“相当合理，”隐身人说，“完全合乎逻辑。”

隐身人伸手拿起威士忌酒瓶。肯普目不转睛地望着眼前这件正在狼吞虎咽的睡袍。一束烛光穿过睡袍右肩上的破洞，投射到左侧肋骨的下方，形成一块三角形的光斑。“那枪声是怎么回事？”他追问道，“怎么会开枪的？”

“有个十足的蠢货——算是我的同伙——该死的家伙！——他想偷我的钱，而且已经得逞了。”

“他也是隐身人吗？”

“不是。”

“噢？”

“能否让我先吃点东西再告诉你？我实在饿得不行——还疼得难受，你却一个劲地让我讲故事！”

肯普站起身。“你没开枪吧？”他问。

“不是我，”客人说，“是个我从未见过的家伙胡乱开枪，很多人都受到惊吓。他们现在都怕我。真该死！——我说——我还想再吃点，肯普。”

“我下楼去找找还有什么可吃的，”肯普说，“恐怕没有多少。”

酒足饭饱之余，隐身人又要了一支雪茄。没等肯普找来剪刀，他就已经直接用嘴粗鲁地将烟头咬去，眼看外圈的烟叶松开，还咒骂了几句。他抽烟的模样颇为离奇：烟雾缭绕中，他的嘴巴、喉咙、咽腔和鼻子都清晰可见，恍如一尊吞云吐雾的雕像。

“抽烟真是享受！”他使劲吐出一口烟，感叹道，“遇见你真是走运，肯普。你一定要帮我。现在想来，能碰到你太神奇了！我深陷绝境——已经被逼疯。我经历过多少坎坷！但我们仍然要干下去。让我告诉你吧——”

他又给自己斟满威士忌和苏打水。肯普起身环顾四周，然后从隔壁客房里取来一只酒杯。“简直荒唐透顶——但我想还是可以喝点酒。”

“这十几年来，你变化不大，肯普。你们这些顺风顺水的人皆是如此。你还是那么沉着冷静，有条不紊——即便遭受挫折。我得告诉你，我们要一起合作！”

“但这一切是怎么回事？”肯普问，“你怎么会变成这样？”

“看在上帝的份上，让我先安静地抽一会儿烟！抽完再告诉你。”

然而那天晚上，隐身人并未讲述自己的故事。他的手腕越发疼痛，而且发着高烧，全身精疲力竭，脑海中仍不时浮现出往山下追逐狂奔的情形，以及旅店里搏斗的景象。他断断续续地提到马维尔，烟越抽越凶，语气也越发愤怒。肯普努力地听着，试图整理出头绪。

“他怕我，我看得出他怕我，”隐身人翻来覆去地念叨，“他一心想把我甩掉——时时刻刻在找机会！我真是个傻瓜！

“畜生！

“我应该杀了他！”

“你的钱是从哪里来的？”肯普突然问道。

隐身人沉默片刻。“我今晚不能告诉你。”他说。

他突然一声呻吟，身体前倾，用两只无形之手撑起他那看不见的脑袋。“肯普，”他说，“我已经三天三夜没合眼，只是偶尔一两个小时打个盹。我得马上去睡觉。”

“好吧，睡我房间吧——就这个房间。”

“可我怎么能入睡呢？我一旦睡着，他就会逃走。唉！这又何妨呢？”

“枪伤怎么样了？”肯普忽然问他。

“不碍事——只是擦伤，出了点血而已。啊，天哪！真的太困了！”

“为何不睡呢？”

隐身人似乎在打量着肯普。“因为我最害怕被同行逮住。”他慢吞吞地说。

肯普大吃一惊。

“我真是个傻瓜！”隐身人猛地往桌上一敲，“居然连这个也告诉你。”

第十八章　隐身人沉睡中

隐身人尽管疲惫不堪，且身负重伤，却始终不肯轻信肯普会保障其人身自由的承诺。他仔细检查卧室的两扇窗户，拉起百叶窗，推开窗扇，以证实是否如肯普所言，可以从窗口逃脱。窗外万籁俱寂，丘陵地带上空悬挂着一弯新月。随即，他又查看了卧室和两间更衣室的门锁，确信其人身自由能多一重保障。终于，他表示自己很满意。肯普听见他站在壁炉边的地毯上打哈欠。

“对不起，”隐身人说，“今晚我不能将我所经历的一切全都告诉你。我实在太累了。没错，这的确不可思议，甚至骇人听闻！但请相信我，肯普，无论你今天早晨持何种看法，这件事完全可能实现。我有一项新发现，原本打算保密，可我独自一人行不通，必须找人合作。而你……我们可以一起干……但得等到明天。现在，肯普，我再不去睡觉的话，就会彻底崩溃的。”

肯普站在卧室中央，盯着那件无头睡袍。“我想，我该告辞了，”他说，“真是——匪夷所思。一连发生三桩怪事，彻底颠覆我先前的所有观点——我快疯了。而这一切却真实存在！我还能为你做些什么吗？”

“道声晚安吧。”格里芬说。

“晚安。”肯普回应道，握了握那只无形之手，便侧身朝门口走去。突然，那件睡袍迅速跟上他的脚步。“请理解我！”睡袍说，“千万别阻挠我，也不要来抓我！否则——”

肯普的脸色有些异样。“我已经向你保证过。”他说。

肯普刚把房门轻轻关上，锁孔就转动起来。他神色疲惫，一脸惊讶地站在原地。只听一阵急促的脚步声传至更衣室，那扇门也同样被反锁。肯普拍了拍自己的额头。“难道我在做梦吗？这个世界疯了——还是我疯了？”

他不禁笑着轻抚那扇被锁住的房门。“竟然被锁在自己的卧室外，简直荒谬至极！”他感叹。

他走到楼梯口，又转身回望那扇上锁的门。“这是事实。”他说，又用手摸了摸脖颈上的瘀青，“毋庸置疑的事实！”

“但是——”

他绝望地摇摇头，转身走下楼梯。

他点亮餐厅的吊灯，抽出一支雪茄，开始在屋内来回踱步，难以抑制内心的波澜，时不时陷入自我争辩之中。

“隐形！”他说。

“难道真有能隐形的动物吗？……没错，海洋里就有，成千——上万。所有幼虫，所有无节幼体[1]和柱头幼虫[2]，所有微生物，还有水母，皆是如此。在海洋中，隐形的事物远比显形的事物多！这一点我以前倒从未想过。池塘里也是一样！池塘里所有的小小生命——那些微小的无色透明胶状生物！但空气中呢？没有！

“不可能存在。

“可是到底——为何没有呢？

“一个人即便是由玻璃制成，依然能被看见。”

他的思考越发深邃。当三支雪茄都化作无形的烟雾和地毯上的白灰时，他才再次开口说话。然而终究不过是一声叹息。他转身离开餐厅，走进自己的诊疗室，点亮煤气灯。肯普博士并不以行医为业，所以这间诊疗室的面积很小，屋内摆放着当日的报纸。今天的晨报随意地摊开着，被扔在一旁。他拿起报纸开始翻阅，读到《艾平奇闻》一文，正是水手在斯托港畔费尽口舌向马维尔讲述的那则消息。肯普一口气读完了报道。

“全身包裹！”肯普念叨起来，“乔装打扮！东躲西藏！‘没人知道他的不幸身世。’他究竟在耍什么把戏？”

---

1 无节幼体（nauplii）：多数甲壳动物孵化后最初的幼体，身体分节不明显，具有浮游习性。

2 柱头幼虫（tornaria）：半索动物肠鳃纲柱头虫的幼体，与棘皮动物（如海星）的羽腕幼虫形态相似。

肯普放下报纸，打量着屋内的一切。“啊！”他喊道，随即捡起那份送来以后尚未读过的《圣詹姆斯报》[1]。“现在就要真相大白了。”肯普说。他翻开报纸，一则消息映入眼帘，占据两三栏的篇幅，标题写着“萨塞克斯郡村庄遍地狼藉”。

“天哪！”肯普感叹一声，便迫不及待地读起来。这篇令人难以置信的报道详细叙述了前天下午发生在艾平的怪事，具体经过前文已做交代。这页报纸背面还转载了今天晨报的那则消息。

他重读了一遍。“左右开弓，从街道上飞奔而过。贾弗不省人事。哈克斯特身负重伤——尚且无法描述当时景象。牧师蒙受——奇耻大辱。霍尔太太失魂落魄。窗户玻璃支离破碎。故事荒诞不经，或许纯属虚构。然而内容精彩，不登未免可惜——请读者多加斟酌[2]！”

肯普放下手中的报纸，茫然若失地目视前方。“或许纯属虚构！”

他再次拿起报纸，把整篇报道从头至尾又读了一遍。“可是这和那个流浪汉有何相干？他为何要急着追踪一个流

---

1 《圣詹姆斯报》（*St. James Gazette*）：创刊于一八八〇年，后于一九〇五年并入《伦敦标准晚报》（*London Evening Standard*）。

2 斟酌：原文为拉丁语缩写“cum grano”，完整表述为“cum grano salis”（with a grain of salt），即“持怀疑态度看待”。

浪汉？”

他突然一屁股坐在手术台上。“他不仅能隐身，”他心想，“还丧心病狂！杀人如麻！”

黎明破晓时分，熹微的晨光渐次透进餐厅，与吊灯的光芒和雪茄的烟雾交织在一起。肯普仍在来回踱步，企图解开这个不可思议的谜团。

他兴奋得彻夜未眠。用人们睡眼惺忪地走下楼，见到他都以为是过度沉迷于工作使他这样。肯普吩咐女佣送两份早餐到瞭望台上的书房——并要求她们老实待在地下室和一楼，不许上楼。这吩咐虽然反常，却非常明确。随后，他继续在餐厅里徘徊，晨报送来时才停下脚步。报纸上尽是长篇累牍的空话，并无多少实质内容。但其中一则消息证实了昨天傍晚发生的事情，另有一篇也讲述了伯多克港的奇闻，文笔极其拙劣。肯普读完晨报，对快乐板球手旅店事件的经过已有大致了解，并知道了马维尔这个名字。“他逼我同他待了整整二十四个小时。”报上刊登着马维尔的证词。此外，艾平事件的报道中还透露出更多细节，尤其是村庄电报线被割断一事。然而这些消息依然无法解释隐身人和流浪汉的关系；因为有关三本书稿和侵吞钱财的情况，马维尔先生只字未提。怀疑论调已然式微，一大批记者和调查人员正着手分析此事。

肯普仔细琢磨着报道中的每一处细节，还打发女佣将其他能购得的晨报悉数买来，一口气全都读完。

“他的确能隐身！”他心想，“而且从报纸上的信息来看，他已经气得丧心病狂！什么事都干得出来！什么事都干得出来！此刻他就在楼上，如空气般自由。我究竟该怎么办？”

“比如，这是否算是背信弃义，倘若——？不行。”

他走到墙角边，在一张凌乱的书桌前动笔写起便条。刚写到一半，又撕掉重写。写完后又通读一遍，思考再三，随即取出一枚信封，写上“伯多克港，埃迪上校收”。

正当肯普写信之际，隐身人已从沉睡中醒来，刚睡醒便大发雷霆。肯普密切关注着头顶上方的每一声动静，听见卧室传来一阵急促的脚步声，啪嗒啪嗒从屋内穿过。紧接着，一把椅子被掀翻在地，盥洗台上的玻璃杯也被砸碎。于是肯普匆匆上楼，急切地敲响了房门。

第十九章　几项基本原理

“出什么事了？”隐身人开门后，肯普张口问道。

“没什么。”隐身人回答。

“可是，真见鬼！干吗砸东西？”

“发发脾气，”隐身人说，“忘记这条胳膊受过伤，很疼。”

“你动不动就发脾气。”

“没错。”

肯普走进房间，拾起玻璃碎片。“报纸上都在议论你，”肯普说着站起身，手里拿着玻璃，“艾平事件和山下之事均有报道。全世界都知道有个隐身公民存在，不过没人知道你在这里。”

隐身人咒骂了几句。

“秘密已经公开，我想这本来应该是个秘密。我不知道你有何计划，但我当然很想帮助你。”

隐身人坐在床上。

“早餐已送上楼。”肯普故作镇定地说。见这位陌生来客欣然起身，他满心喜悦。肯普在前面领路，穿过狭窄的楼梯，登上瞭望台。

“在我们做任何事情之前，”肯普说，“你得先让我对隐身术有些了解。”他忐忑不安地朝窗外望了一眼，然后坐下来，一副有话要说的模样。他看着餐桌对面格里芬落座的地方——只见一件无头无手的睡袍，正奇迹般地用餐巾擦拭看不见的嘴唇。原先他对整件事情的合理性心存疑虑，此时此刻一切怀疑仿佛已烟消云散。

“其实原理很简单——而且足以令人信服。”格里芬说着，把餐巾摆在一旁，用看不见的手托着看不见的脑袋。

“对你而言，肯定如此，但是——”肯普笑了笑。

“是的，没错，起初我当然也觉得神奇。可现在，天哪！……但我们会干成一番大事的！我最早是在切瑟尔斯托发现的这个东西。”

“切瑟尔斯托？”

“自从离开伦敦，我便去那里闯荡。我放弃医学，改学物理，你知道吗？不知道，嗯，我改行了。光学令我痴迷。”

“啊！”

“光的密度！整个问题犹如一张由无数谜团织成的巨网——答案扑朔迷离，令人捉摸不透。我当时只有二十二岁，斗志昂扬。我下定决心：‘我将毕生投身于这项事业。它值得我这样付出。’要知道，二十二岁是多么年少无知啊！”

“不是当时无知，就是现在无知。”肯普说。

“似乎一旦掌握知识，便可心满意足！

“于是我埋头拼命学习——简直求知若渴。不足半年，刻苦钻研的我就迎来一线曙光——耀眼夺目！我发现颜色及其折射的基本原理——有一道公式，涉及四维几何的表达公式。傻瓜、普通人，甚至连数学家都不明白，一道基本公式对分子物理学专业的学生而言意味着什么。在书稿中——就是被流浪汉藏起来的那几本——记载着诸多奥秘，堪称奇迹！事实上，这并非一种方法，而是一个概念，可以推导出可行的方法。通过这种方法，便能根据一切实际需求——在不改变物质其他属性的前提下——对某些情况，颜色除外——把固体或液体的折射率[1]降至与空气相当的水平。”

“唷！”肯普感叹道，“这倒真奇怪！可我还是不太明白……我能理解，按照你说的方法，可以令一块宝石面目全非，但与人体隐身术相去甚远。”

“正是如此，”格里芬说，“但请再想想，可见性取决于可见物体传播光线的能力。物体不是吸收光线，就是反射或折射光线，抑或兼而有之。倘若物体既不反射或折射光线，亦不吸收光线，那么其本身也无法被看见。例如，你看到一只不透明的红色盒子，因为这种颜色吸收部分光线，而将其

1 折射率（refractive index）：光在真空中的传播速度与光在该介质中的传播速度之比。以真空为基准（数值为1），水的折射率约为1.33，玻璃根据成分不同约为1.5至1.9，金刚石（钻石）则约为2.42。

余光线，即所有红色光线反射给你。如果它不吸收任何特定颜色的光，而将光线全部反射出去，那么它就会变成一只闪闪发光的白色盒子。银子便是如此！钻石制成的盒子不会吸收大量光线，其表面也很少反射光线，只有表面某些条件适宜的区域才会反射或折射光线，因此你看见的是一个耀眼夺目的半透明反光体——恍如光线勾勒的轮廓。玻璃盒子就不如钻石盒子那般耀眼夺目、清晰可见，因为它反射或折射光线的程度很低。明白吗？从某些角度来看，你甚至可以清晰地透视它。某些种类的玻璃会比其他玻璃的可见性更高，燧石玻璃盒就比普通窗户材质的玻璃盒显得更加明亮。在光线不足的情况下，薄薄的普通玻璃盒很难被看见，因为它几乎不吸收任何光线，而且折射和反射量也很少。假设你将一块普通的白玻璃放入水中，乃至比水密度更大的液体中，它几乎完全消失，因为当光线在水中传播至玻璃表面后，鲜有折射或反射现象发生，甚至毫无任何反应。因此这块玻璃就像煤气或空气中的氢气一样，消失得无影无踪。两者的原理完全一致！”

“的确如此，”肯普说，“这轻而易举就能明白。”

“还有另一件事实，你也一定知道。如果把一块玻璃砸碎，肯普，然后碾成粉末，它就会在空气中显得清晰可辨，最终变成不透明的白色粉末。这是因为粉末状态下玻璃的折射面和反射面成倍增加。一整块玻璃只有两个面，而在玻璃粉末中，光线抵达每一颗微粒表面时，都会被反射或折射，几乎无法穿透。然而将白色玻璃粉末倒入水中，它立即就会消失。玻璃粉末和水的光线折射率相似。这意味着，光线在玻璃微粒和水之间的传播过程中，基本不会被折射或反射。

“一旦将玻璃放入与其折射率相仿的液体中，它便会隐形。换言之，透明物体在任何与其折射率相仿的传播介质中能够隐形。略加思考，你还会发现，玻璃粉末在空气中也可以隐形，只需使两者的光线折射率保持一致。如此一来，当光线与空气中的玻璃微粒相遇时，就无法形成反射或折射现象。”

“是的，没错，”肯普说，“但人可不是玻璃粉末！”

“的确不是，”格里芬说，“人体更加透明！”

“胡说八道！”

“这竟然出自一个博士之口！人真是健忘啊！短短十年，你就把物理知识都忘光了吗？想想那些看似不透明、实则透明的物体吧。例如，纸张由透明纤维制成，但之所以呈白色且不透明，其原理与玻璃粉末如出一辙。如果在白纸上涂一层油，用油填满纸张微粒之间的空隙，那么除了纸张表面以外，光线就不会产生折射或反射。最终，这张纸就会与玻璃一样透明。不仅是纸，包括棉纤维、亚麻纤维、羊毛纤维、木本纤维，肯普，还有骨骼、肌肉、毛发、指甲乃至神经，肯普，事实上，除了血液中的血红素和毛发中的黑色素之外，整个人体纤维结构都是由无色透明的组织构成。由于这些组织极其微小，所以我们能够看见彼此。在大多数情况下，生物纤维的透明度不亚于水。”

“天哪！”肯普叫道，“当然，当然！昨天晚上我只考虑到海洋中的幼虫和水母！”

“现在，你终于明白我的意思了！这一切都是我离开伦敦一年后才发现并掌握的——已是六年以前，但我从未透露给别人。当时我身处的环境非常恶劣，根本不利于开展研究。我的教授奥利弗是科学界的流氓、学术思想的窃贼，生来就喜欢四处打听消息——总是刺探他人的成果！想必你对科学界不公正的体制一清二楚。我只是不愿发表这项发现，以免他瓜分我的荣誉。我继续潜心研究，一步步按照公式展开实验，最终公式化为现实。一直以来我守口如瓶，期待着成果公之于众时会轰动全球，使我一举成名。为了填补某些学术空白，我开始研究色素问题。未曾料到，我竟然在生理学领域取得新发现，这纯粹出于偶然。”

“是吗？”

“你知道血液中的血红素吧。我可以将它变成白色——甚至无色——并保持其原有的全部机能！”

肯普惊叫起来，感到难以置信。

隐身人站起身，在这间小小的书房里来回踱步。“你的诧异可以理解。那天夜晚的情形，我至今记忆犹新。那时已是深夜——白天我不得不和那些大惊小怪的愚蠢学生打交道——有时我得工作至天亮。突然，我脑海中闪现出一个想法，它是如此精妙绝伦，如此完满无缺。我独自一人待在实验室里，屋内鸦雀无声，吊灯高悬于头顶，安静地燃烧着，散发出耀眼的光芒。我人生的重大时刻都是在孤独中度过的。'我可以使一只动物——一个细胞组织——变得透明！可以使它隐形！除了色素之外——我能让自己隐身！'我心想。我顿时意识到，对白化病人而言[1]，掌握这种知识具有多么重大的意义。我不禁欣喜若狂。我停下手中的滤光实验，走到窗前，抬头仰望浩瀚星辰。'我能让自己隐身！'我一遍又一遍地念叨着。

"实现这样的创举比变魔术更加神奇。我豁然开朗，眼前清晰地浮现出隐身术给人类社会带来的壮阔前景——神秘、权力、自由。毫无任何缺点可言。你想想看吧！而我这样一个乡村学院的小小助教，衣衫褴褛，穷困潦倒，饱受约束，还成天给一群蠢货讲课，转眼间有可能成为——那样的人。我问你，肯普，如果是你……随便哪个人，我告诉你，都会投身于这项研究。我潜心钻研了三年，克服重重困难，一次次攀登难以逾越的科学高峰。其中有道不完的艰辛！和

1　白化病（albino）：因皮肤和毛发等缺乏黑色素而导致的遗传疾病。根据格里芬的理论设想，由于白化病人本身就缺乏色素，使隐身更容易实现。

愤怒！有个教授，乡村学院的教授，总是窥探我的消息，一天到晚问我，‘你打算何时发表研究成果啊？’还有那些烦人的学生，残破的设备！三年来，我受够了——

“在这三年里，我对此讳莫如深，历经折磨。但最终发现，这项实验不可能完成——根本不可能。”

“为何不可能？”肯普追问道。

“钱。”隐身人说着，再次走到窗边眺望。

刹那间，他转过身来。“我抢了那个老头——抢了我父亲的钱。

“那钱不是他自己的，他开枪自杀了。”

第二十章　寄居大波特兰街

肯普默不作声地坐在一旁，凝视着窗边那个无头人的背影。忽然，他一阵惊慌，似乎想起些什么，连忙站起身，抓住隐身人的手臂，把他从窗边拉回来。

"你累了，"他说，"我坐着的时候，你还在那里晃悠。坐我的椅子吧。"

于是肯普站在格里芬和最近那扇窗户的中央。

格里芬坐着沉默片刻，又突然开口继续往下说：

"那件事发生时，"他说，"我早已搬离切瑟尔斯托的小屋。那是去年十二月。我在伦敦一家经营不善的廉价旅舍里租了一间房子，就坐落于大波特兰街[1]的贫民窟附近，屋内空间宽敞却没有家具。我用从父亲那里抢来的钱购置实验设备，很快就堆满整个房间。我的研究工作稳步推进，且屡有创获，接近成功。参加父亲葬礼的时候，我好似刚走出丛林的隐居者，突然遭遇一场枯燥乏味的悲剧。我内心仍惦记着

1　大波特兰街（Great Portland Street）：伦敦西区主干道之一，南临牛津街，北接尤斯顿路。

自己的研究，根本没去挽回他的声名。我依然记得葬礼当天的情形：灵车颇为简陋，仪式更是简略，山坡上天寒地冻，朔风凛冽。他学生时代的一位老友在灵前念诵悼词——那人身穿破旧黑衫，佝偻着背，因感冒而鼻涕直流。

“我记得自己孤身一人走回空荡清冷的家。路上经过一处地方，那里曾是村庄，如今却被偷工减料的建筑商东修西补，改造成丑陋不堪的城镇。每一条道路最终都通向肮脏破败的田野，路的尽头乱石横堆，湿潮的野草散发着恶臭。当时的我一身黑衣，面容憔悴，独自沿着湿滑反光的路面走着，一种异样的情绪涌上心头，竟然觉得自己与周围沽名钓誉、唯利是图的社会风气格格不入。

“我丝毫不为父亲的逝去感到痛惜。在我看来，他如此愚蠢，沦为自己感伤情绪的牺牲品。我之所以参加他的葬礼，只是伪善的道德说教使然，他的死其实与我并不相关。

“当我走在高街[1]上时，邂逅了十年前的女友，往昔的生活再次浮现在我脑海。两人四目相对。

“我情不自禁地转身与她交谈。她是个平凡的普通人。

“这场故地重游，恍如梦境。我并没感到孤独寂寞，也未曾觉得自己孑然一身，遗世独立。我变得冷酷无情，并为此庆幸，但将其归咎于这丧失理智的世界。我再次踏进自己

1 高街（Hight Street）：城市中心的主要商业街道。

的房间，仿佛重回现实。那里有我熟悉并热爱的一切，仪器摆放在那里，实验都已安排就绪。除了某些细节上的规划之外，现在已无任何困难。

“这个过程相当复杂，肯普，我迟早会全部告诉你，我们先暂且不提。某些特定步骤我已牢记于心，但绝大多数内容均以密码的形式，记录在流浪汉藏匿的书稿中。因此我们必须找到他，一定要夺回那些书稿。其中最关键的一步是，将需要降低折射率的透明物体，置于保持以太[1]振动的两个辐射中心之间，详情我以后再和你说。不，不是伦琴振动[2]——我不知是否向你描述过其余的步骤，但已经显而易见。我需要两台小型发电机，用廉价的燃气发动机来运转。首次实验时，我使用的是一块白色羊毛织布，眼看它一瞬间变得又软又白，转眼如同一缕轻烟，随风消散。我心想，这真是人世间最玄妙的时刻。

“我成功了！这简直令我难以置信。我将手伸到那块织布消失的地方，发现它依然摆在那里，纹丝不动。我笨手笨脚地摸了摸，不小心将它掉在地上，颇费周折才找回。

“随后，又是一段奇遇。我耳边传来一声猫叫，转身看

1　以太（ether）：十九世纪的物理学家猜想，以太是传播光的介质，认为光因以太振动而传播。

2　伦琴振动（Röntgen vibrations）：指一八九五年德国物理学家威廉·伦琴发现的X射线。

见一只又瘦又脏的白猫[1]，坐在窗外水箱盖上。我当时突发奇想。‘一切准备就绪’，说着，我走到窗边，推开窗户，轻声叫唤它。那只猫爬进屋，发出呼噜呼噜的声响——这可怜的小家伙一定饥肠辘辘——我给它喂了一些牛奶。我的食物都存放在墙角的橱柜里。它喝完牛奶以后，便在房间里东闻西嗅，显然是想在这里安家。那块隐形的织布险些令它绊倒。你真该看看它朝空气吐口水的模样！我让小猫舒舒服服地躺在四轮矮床的枕头上，还用黄油抹它，哄它清洁身体。”

“你真拿它做实验了？”

“我确实拿它做实验了。但是给猫喂药可不是闹着玩的，肯普！实验最终失败了。”

“失败了！”

“表现在两个方面：猫爪和那个含有色素的东西，叫什么？——在猫眼背后。你知道吗？”

“照膜[2]。”

“对，就是照膜，它没有隐形。服药以后，猫的血液已

---

1 白猫：一八九七年二月，美国作家凯瑟琳·基普（Katherine Kip）发表短篇小说《我的隐身朋友》（*My Invisible Friend*），同样叙述一位居于纽约的科学家用猫进行隐身术实验的故事。

2 照膜（tapetum）：也称“脉络膜层”或“明毯”，是构成大多数脊椎动物眼球脉络膜中层的薄膜，位于视网膜后，呈青绿色，带金属光泽，可以反射光线，增强夜视能力。

被漂白。我还做了一些其他处理，接着给它投喂鸦片[1]，将它和放置它的枕头一起摆到仪器上。只见猫身上其余的部分逐渐褪色消失，但眼睛里那两个鬼东西依然还在。”

“真是奇怪！”

“我无法解释原因。当然，那只猫始终被捆绑着动弹不得——确保它逃不了。可是当它的身体仍模糊不清时，它突然清醒过来，神情沮丧地喵叫。这时有人过来敲门，是楼下的一位老太太，她怀疑我在做活体解剖[2]——这个醉醺醺的老太婆，似乎事事都不关心，就惦记着一只白猫。我连忙调制氯仿[3]把猫麻醉，然后去开门。‘是有猫在叫吗？’她问，‘是我的猫吗？’‘不在这儿。’我非常礼貌地回答她。她依然将信将疑，企图绕开我朝屋里窥视。空空如也的墙壁、没有窗帘的窗户、一架四轮矮床、运转中的燃气发动机、仪器上频繁闪烁的光点，还有一丝刺鼻的氯仿气味弥漫在空气中——毫无疑问，她肯定已觉察出异样。但最终她无可奈何地相信我，悻悻而去。”

---

1 鸦片（opium）：源自罂粟果实汁液，医学上作麻醉性镇痛药，非医用则归类于毒品。

2 活体解剖（vivisecting）：十九世纪以来，动物活体解剖始终是科学伦理争议的焦点之一。威尔斯的科幻小说《莫洛博士岛》（*The Island of Doctor Moreau*，一八九六）即以此为话题。

3 氯仿（chloroform）：即三氯甲烷，曾作为外科手术中的麻醉剂被广泛使用。

“实验花了多久？”肯普问。

“那只猫——用了三四个小时。骨骼、肌肉和脂肪是最后隐形的，还有有色毛发的末梢。可正如我刚才所言，眼睛背后那块色彩斑斓的物质颇为顽固，始终没有褪色。

“实验尚未结束，屋外早已漆黑一片。除了那只猫的眼睛和爪子依稀可辨，其他部分都不见了。我关闭燃气发动机，摸索着找到那只猫。我拍了拍，它仍未恢复知觉。不久，我感到精疲力竭，便留它睡在隐形的枕头上，自己也上床睡觉。我难以入眠，躺在床上胡思乱想，脑海中反复重现实验的情形，时而近乎癫狂，幻想周围的一切逐渐模糊不清，消失在视线中，甚至连脚下的地板也不见踪影。最终我陷入噩梦，发现自己正坠落万丈深渊，这是人人忌惮的梦魇。凌晨两点光景，那只猫开始在房间里喵叫起来。我试着与它说话，让它安静下来，但后来还是决定放它走。我还记得擦亮火柴时令人震惊的一幕——只见一对眼睛闪着绿光——周围什么都没有。我本想给它喂些牛奶，可是早已一点不剩。它始终不肯安静，蹲在门边不停喵叫。我试图去抓它，想把它抛出窗外，但它消失了，根本无法抓住。随后它又在屋内上蹿下跳，到处乱叫。后来，我推开窗户，催促着往外赶它。想必它最终出去了，此后就再也没见过它。

“接着——天知道怎么回事——我竟又一次想起父亲的葬礼，想起那阴风阵阵的凄凉山坡，就这样到了天明。我自知再也无法入眠，于是锁上房门，在清晨的街道上徘徊。”

“你该不是说，有一只隐形的猫还在世间游荡吧！”肯普感叹道。

“要是没被弄死的话，”隐身人说，“有何不可呢？”

“有何不可？”肯普追问道，“我无意打断你。”

“它很可能被捕杀了，”隐形人说，“据我所知，四天后它还活着，而且就在大蒂奇菲尔德街[1]的窨井盖下方。因为我看见附近围着一群人，想查清喵叫声的由来。”

他沉默了约一分钟，忽然又继续讲述：

“变故发生前的那个清晨，我记忆犹新。我一定是去了大波特兰街。我记得路过奥尔巴尼街军营[2]，看见骑兵从里面出来，最后到了樱草山[3]顶。那是一月里阳光明媚的一天——今年下雪前晴朗的天气，总是伴随着霜降。尽管身心疲惫，我仍极力想弄清目前的处境，并制定下一步的行动计划。

“我惊讶地发现，虽然成功已近在咫尺，可依然存在变数。事实上，我真的已经精疲力竭，四年来高强度的研究工

---

1 大蒂奇菲尔德街（Great Titchfield Street）：伦敦西区主干道之一，与大波特兰街平行。

2 奥尔巴尼街军营（Albany Street Barracks）：即“摄政公园军营”，原为皇家骑兵和炮兵卫队驻地。

3 樱草山（Primrose Hill）：伦敦摄政公园北侧的山丘，高处可俯瞰伦敦市中心。

作早就令我麻木不仁，我变得冷漠无情。我曾试着寻回研究起步时的那份好奇之心，以及为了发明创造不惜以牺牲父亲性命为代价的狂热激情，但终究只是徒劳。任何事情对我而言都无足轻重。我清楚地认识到，这种情绪是短暂的，是过度劳累和睡眠缺乏所致，只需服用药物，或稍事休息，便可恢复精力。

“我彻底清醒过来，决心将研究坚持到底。这番挥之不去的信念始终左右着我。很快，我几乎身无分文。我在山坡上席地而坐，环视四周。望着一群嬉戏玩耍的孩子和旁边围观的姑娘，顿时心想，如果世上存在隐身人，那他所拥有的一切该是多么无与伦比。不久之后，我步伐迟缓地走回家中，吃了点东西，又服了一剂士的宁[1]，连床也没有铺便和衣而睡。士的宁是一种强效补药，肯普，可以彻底消除倦怠。”

“那鬼东西，”肯普说，“早在旧石器时代就有。”

“当我醒来时颇感精力充沛，但脾气相当暴躁。你知道吗？”

“我知道那种药。”

“这时，有人来敲我房门。原来是我的房东，一个波兰犹太老头。他身穿灰袍，踩着油腻不堪的拖鞋，对我又是

1　士的宁（strychnine）：也称“番木鳖碱”，提取自马钱子的剧毒白色晶体碱，曾用于中枢神经兴奋剂。

恐吓，又是盘问。他一口咬定我昨晚虐待过一只猫——肯定是那个多嘴的老太婆告的状，并摆出一副刨根问底的架势。当地法律禁止活体解剖——他可能会受到牵连。我矢口否认见过猫。他说，整栋楼里都能感觉到我房间里的燃气发动机在振动。没错，这倒是真的。他绕开我闯进房间，透过那副德国制造的银边眼镜，窥视着屋内的景象。我突然感到一阵惶恐，担心他会发现我的某些秘密。我尽力用身体挡在他跟前，不让他发现我已摆好的浓缩装置，这反而令他更加疑虑。我在做什么？为何我总是独来独往，行踪不定？我做的事情合法吗？有无危险？除了定期的房租，我一分钱也没多付。尽管此地声名狼藉——但他的房子还算体面。我顿时火冒三丈，嚷着让他滚开。他开始提出抗议，叫嚣自己有权进门。就在此时，我一把揪住他的衣领，似乎有什么东西被撕开。他踉跄着退到过道上，我砰的一声锁上门，坐下身来，气得浑身颤抖。

“他在门外大呼小叫，我却置之不理。不一会儿，他就离开了。

“可这下事情就闹大了。我不知道他会干什么，甚至连他有多少能耐都心里没底。再搬去新的寓所势必会耽误时间，何况我手中只剩二十英镑，大部分都存在银行——根本无力支付租金。隐身吧！我别无他法。很快就会有人来盘问情况，搜查我的房间。

“一想到我的研究工作可能在关键时刻暴露，甚至中断，我就怒火中烧，愤懑不已。我匆匆地抱起三本书稿和支票簿——目前都在流浪汉手上——出门赶往最近的邮局，将其寄往大波特兰街的邮件领取处。出门时，我刻意放轻了脚步。等我回来的时候，恰巧看见房东正蹑手蹑脚地上楼，想必他已听见刚才我关门外出的声响。我从他身后快步冲上楼梯，吓得他连忙闪到一边，那副狼狈样简直令人捧腹。他怒目圆睁，注视着我走过他跟前。我使劲把门一关，仿佛整栋楼都在震颤。我听见他拖着迟钝的步伐来到我门口，犹豫片刻，又转身下楼。我立即着手准备起来。

“当天夜晚，一切都准备妥当。服用使血液褪色的药物之后，我坐在房间里感到昏昏欲睡。突然，耳边接连不断地传来敲门声。有时停顿片刻，脚步声远去又折回来，继而敲门声再次响起。有人正试图将什么东西塞进门缝——是一张蓝色的纸。我顿时怒不可遏，起身径直冲过去拉开房门。‘搞什么鬼？’我问。

“原来是我的房东，手里拿着一张像是逐客令的通知单。他把那张纸递给我，估计是见我的手有些异样，便抬头望向我的脸。

“他刹那间愣住了。紧接着，他含糊不清地惊叫起来，丢下蜡烛和那张纸，跌跌撞撞地穿过漆黑的过道，冲下楼梯。我关门落锁，走到穿衣镜面前。这一刻，我才明白他为何如此惶恐……只见我脸色煞白——恍若一块苍白的顽石。

“这番经历令人不寒而栗。我根本不曾预料会遭受如此折磨。整整一夜，我浑身剧痛无比[1]，时而恶心，时而晕眩。皮肤和身体犹如在火上炙烤，但我依然咬紧牙关，好似将死之人。现在我终于知道为何我给那只猫投喂氯仿之前，它一直不断哀号。幸好我独居于此，无人在身旁围观。我时而啜泣，时而呻吟，时而喃喃自语，但始终拼命坚持……逐渐失去了知觉。当我苏醒之际，只觉浑身乏力，而周围则一片漆黑。

“疼痛终于消失了。这个过程就像自杀似的，可我毫不在乎。那个黎明的恐怖情形令我永生难忘，看着自己的双手如同毛玻璃一般，我至今仍心有余悸。晨曦微露，我的双手也变得越发透明，越发稀薄。直到最后，尽管我已闭上透明的眼皮，依然能透过双手，看见房间里凌乱不堪的景象。我的四肢亦如玻璃般透明，骨骼和动脉逐渐褪色隐去。然后细小的白色神经也消失得无影无踪。我咬紧牙关，奋力坚持。最终，我全身上下只剩毫无血色的指甲尖依稀可辨，还有一抹酸液在手指上残留的棕色斑渍若隐若现。

“我挣扎着站起身。起初，我简直就像襁褓中尚未学步

1　剧痛无比（racking anguish）：英国作家罗伯特·路易斯·史蒂文森（Robert Louis Stevenson）的《化身博士》（*Strange Case of Dr Jekyll and Mr Hyde*，一八八六）中也使用相似表述（racking pain）来形容主人公服用人格分裂药物后的感受。

的婴儿——迈着隐形的双脚艰难前行，感觉身体虚弱，饥饿难耐。我走到剃须镜前，定睛一瞧，发现眼前空空如也，只剩视网膜后那块暗淡的色素斑点，比烟雾更稀薄。唯有紧紧倚靠桌子，将额头贴在镜前，方能勉强看见。

“某种疯狂的意志力支配着我，把我拖回仪器前，完成实验的余下过程。

“我用床单蒙住双眼，遮住日光，睡了整整一个上午。大约中午时分，一阵敲门声才将我唤醒。此时，我已经彻底恢复体力，便坐起身仔细聆听，耳边传来窃窃私语。我赶忙从床上爬起，悄无声息地将实验仪器的部件拆开，并将其分别放置在房间四周，以免让人猜出它们的组装方式。不久，敲门声再次响起，伴随着一阵呼喊，先是我的房东，随后是另两个人。为了争取时间，我回应了一声，随手抓起隐形的织布和枕头，推开窗户，将它们抛到水箱盖上。正当窗户打开之际，房门上传来一声巨响。有人想撞开门上的锁，但没有得逞，因为就在前几天，我刚换上结实的门闩，正好将他们阻挡在外。这一幕着实令我吃惊，亦使我颇感愤怒。我气得浑身直颤，加快收拾起来。

“我把碎纸屑、稻草和包装纸之类的东西堆在房间中央，然后打开煤气。与此同时，沉重的敲门声接连不断地传来，如雨点般咚咚作响。我没能找到火柴，愤怒地用拳头直捶墙壁。于是我又关上煤气，爬到窗外的水箱盖上，悄悄拉下窗扇，坐在原地观望着门口的动静。我虽已隐身，得以安全躲避，却仍满腔怒火，颤抖不已。我看见他们劈开一块门板，紧接着又敲断门闩的锁扣，就这样出现在敞开的门边。那是房东和他的两个继子，都是二十三四岁的壮小伙。楼下那个令人厌恶的老太婆，正战战兢兢地跟在他们身后。

“你或许能够想象，当他们看见眼前的房间空无一人，会是何等诧异的神情。其中那个年纪较轻的小伙子立刻冲到窗边，向上推开窗扇，朝窗外四处张望。他瞪得滚圆的双眸、肥厚的嘴唇和浓密的胡须，离我仅有一英尺之遥。眼看他一脸蠢相，我真想一拳揍去，但终究还是收住了攥紧的拳头。他的目光径直穿透我的身体，其余人也围上前来，同样透过我环视四周。那老头走到床边，探头朝床底下打量。随后他们又纷纷冲向橱柜。后来，三人争论起来，操着意第绪语[1]和伦敦东区口音[2]的英语喋喋不休。他们最终断定，我刚才根本没有回话，皆是幻觉在作怪。老太婆此刻也走了进来，像猫一样疑神疑鬼地东张西望，试图解开我的藏身之谜——而我则坐在窗外，看着他们四人的身影，满腔怒火顿

1 意第绪语（Yiddish）：也译“依地语”，属印欧语系日耳曼语族西支，源自中古德语，采用希伯来字母拼写，也称“犹太德语”，主要为中东欧及美洲地区的犹太人所使用。

2 伦敦东区口音（Cockney）：也称“考克尼方言”，为伦敦工人阶级（尤其是伦敦东区）所使用。

时褪去，反而觉得格外得意。

“那老头讲着一口方言，我只能听个大概，似乎他赞同老太婆的看法，认为我是个动物实验活体解剖者。他的儿子们则用蹩脚的英语提出异议，认为我是个电工，旁边的发电机和辐射器便是明证。他们感到惴惴不安，担心我会突然回来，尽管我后来发现，其实他们已经锁上门闩。老太婆又把橱柜和床底检查一番，小伙子则掀开壁炉挡板，抬头朝烟囱里张望。我对门的房客是个小商贩，与屠夫两人合租。就在这时，他恰巧出现在楼梯口。他们叫他进屋，东拉西扯乱讲一通。

“我忽然意识到，那些辐射器极其重要，倘若落入某位有识之士手中，恐怕会泄露我的秘密。因此我瞅准时机，潜入屋内，把一台小型发电机从底座上推倒，结果架在下方的辐射器也齐声摔在地上。正当众人还在纳闷为何仪器会突然摔下时，我侧身一闪溜出房间，蹑手蹑脚地走下楼梯。

“我走进一间起居室，等候他们下楼，可他们仍在胡猜乱想，议论纷纷。由于并未发现任何‘恐怖’之物[1]，他们甚至有些垂头丧气，更不知该如何合法地对付我。于是我拿起

1　“恐怖”之物：威尔斯此处可能是将格里芬的房间影射伦敦杜莎夫人蜡像馆著名的“恐怖屋”（Chamber of Horrors），其中陈列着历史上众多臭名昭著的罪犯形象。蜡像馆就位于大波特兰街附近的摄政公园和贝克街旁。

一盒火柴再次溜上楼，点燃那堆废纸乱草，将椅子和床铺一并丢在旁边，并用天然橡胶管将煤气引到火堆上。就这样，我向这个房间挥手道别，转身离去。”

“你放火烧了那房子！”肯普惊呼。

“我的确把房子烧了。这是掩盖我行踪的唯一办法——那房子无疑是有保险的。我悄悄拉开前门的插销，走到街上。成为隐身人之后，我逐渐开始体会到隐身术给予我的非凡力量，脑海中涌现出各种异想天开的计划。我终于可以为所欲为，而不必受到任何惩罚。”

第二十一章　在牛津街

“第一次下楼时，我遭遇了意想不到的麻烦，因为看不见自己的脚，我先后两度绊倒。拉开门闩的时候也很不习惯，显得笨手笨脚。不过在平地上，只要不低头往下看，我尚且还能行走自如。

“当时，我心里颇为得意，感觉自己就像一个视力健全的人，脚蹬软底鞋，身穿无声衣，悄无声息地行走在盲人之城[1]。我萌生了一种荒唐的冲动，总想去捉弄路人，或是拍拍后背，或是掀掉帽子，总之我想利用自己的非凡优势，尽情取乐。

“不过，刚走到大波特兰街（我的住处紧挨着一家大型布料店），就当啷一声，被人狠狠撞到后背。我转身定睛一瞧，有个人满脸诧异地盯着手中提着的一篮苏打水瓶。这一下把我撞得不轻，可瞧着他那副目瞪口呆的模样，我情不自禁地哈哈大笑起来。‘篮子里有鬼。’我说，一把从他手中夺过篮筐。他不由自主地松开手，我便将整个篮筐抛到半空。

1　盲人之城（city of the blind）：威尔斯曾于一九〇四年发表短篇小说《盲人乡》（*The Country of the Blind*），讲述厄瓜多尔遥远山谷中与世隔绝的盲人国度。

“然而一家酒吧门外有个傻乎乎的马车夫，突然冲过来伸手去接那篮筐，手指猛地戳到我的耳朵，简直疼得要命。我把一整筐苏打水瓶全都砸在他身上。顿时，惊叫声四起，周围还传来凌乱的脚步声。人们纷纷涌出商店，车辆也都停在半路，我这才意识到闯了大祸，一边咒骂着自责，一边背靠商店橱窗，以便随时从混乱中脱身。我差点被挤进人潮，这样势必会被发现。我奋力从屠夫的伙计旁边贴身而过，万幸的是他没有回头，不然准会纳闷谁在莫名其妙地推他。然后我又躲到刚才那位马车夫的四轮马车后面。至于这场混乱后来如何收场，我不得而知。幸好那时行人稀少，我便匆匆穿过马路。因为害怕暴露身份，我慌不择路，竟一头钻进下午在牛津街上闲逛的滚滚人潮。

“我试图闯入摩肩接踵的人群，但实在过于拥挤，没过多久就被人踩到脚跟。于是转而改走路边的排水沟，可那里凹凸不平，硌得两脚疼痛难忍。这时，一辆双轮双座马车缓缓驶过，车辕猛地抵住我的肩胛骨，这才意识到先前那一撞已使我严重瘀青。我蹒跚着给马车让道，又慌忙转身避开旁边的手推童车，发现自己正好站在马车后面。我灵机一动，决定就紧紧跟着这辆缓慢行驶的马车向前走。眼看这场冒险之旅即将时来运转，我兴奋不已。但与此同时，我冷得全身哆嗦。不只是哆嗦，简直是瑟瑟发抖。那是一月里的晴天，路面薄薄的一层泥浆正在结冰，而我全身上下却一丝不挂。

当时我并未料到，无论隐身与否，都得听从天气的摆布。现在回想起来觉得自己真是愚蠢。

“忽然，我又心生妙计。我绕到马车旁边，顺势钻进车厢里。我浑身颤抖，惶恐不安，鼻子反复抽吸着，显然是感冒的先兆，而后背的瘀青也越发疼痛。就这样，马车载着我慢吞吞地行驶在牛津街上，经过托特纳姆宫路[1]。可以想见，我此刻的心情与十分钟前在人群中突出重围时截然不同。这隐身术可真是让我遭罪！我心里暗自思忖——究竟如何才能摆脱当下的困境。

“马车缓缓驶过穆迪图书馆[2]，有位身材高挑的女士，怀里揣着五六本贴有黄色标签的书籍，招呼着我坐的马车。我从车里跳出来，刚好及时躲开她，还与一辆疾驰中的铁路货车擦肩而过。我沿着马路朝布鲁姆斯伯里广场[3]的方向逃去，打算向北绕过博物馆[4]，进入僻静的区域。我冻得浑身发抖，

---

1 托特纳姆宫路（Tottenham Court Road）：伦敦西区主干道之一，南接牛津街，与查令十字路相连。

2 穆迪图书馆（Mudie's）：由出版商查尔斯·爱德华·穆迪（Charles Edward Mudie）创办于一八四二年，提供图书租赁服务，对十九世纪英国的出版业、大众阅读趣味乃至文学创作均产生极大影响。

3 布鲁姆斯伯里广场（Bloomsbury Square）：伦敦卡姆登区的花园广场，毗邻大英博物馆。

4 博物馆：指大英博物馆（The British Museum），建成于一七五三年，位于大罗素街（Great Russell Street），是世界上规模最大的公共博物馆之一。

当前这种离奇的处境令我颇感沮丧，就边跑边啜泣起来。在广场北角，有只白色的小狗从药学会[1]的办公楼里蹿出来，不自觉地跟在我身后，鼻子还在地上使劲地嗅。

“我以前从未意识到，鼻子之于狗其实恰如眼睛之于人类。狗能用鼻子嗅出人的踪迹，就像人通过眼睛观察到彼此的模样。这畜生开始狂吠不止，还上蹿下跳。在我看来，这举动显然表明它已经发现了我。我穿过大罗素街，边走边回头张望。沿着蒙塔古街走了一段路，才弄清自己在往哪个方向跑。

“随后，耳边传来一阵奏乐声。我顺着街道望去，只见一群身穿红衫的人，正从罗素广场[2]走出来，队伍前面高举救世军[3]的旗帜。这群人熙熙攘攘，有的在振臂高歌，有的则在路边嬉笑。要从他们中间穿过显然不太可行。但如果原路折返，我担心会离家更远。正巧博物馆围栏对面有栋楼房，情急之下我当机立断，决定跑上那栋楼的白色台阶，躲在那里等人潮散去。万幸的是，那条狗听见乐队的声音也停下来，

---

1 药学会（Pharmaceutical Society）：指创建于一八四一年的英国皇家药学会，位于布鲁姆斯伯里广场十七号。

2 罗素广场（Russell Square）：伦敦卡姆登区的花园广场，临近伦敦大学学院、伦敦大学亚非学院和大英博物馆，是伦敦高等教育机构的集中地之一。

3 救世军（Salvation Army）：成立于一八六五年的国际性宗教及慈善公益组织，由卫理公会派牧师卜威廉（William Booth）夫妇在伦敦东区创办。

犹豫片刻，继而转身摇着尾巴，跑回了布鲁姆斯伯里广场。

“乐队逐渐朝我的方向行进，人们高唱颂歌，吟诵着‘何时能见主的真容’[1]，无意中像是对我的嘲弄。川流不息的人潮沿着人行道从我身旁经过，似乎我的等待将遥遥无期。咚，咚，咚，鼓声阵阵，不绝于耳。我并未注意到，身旁的栏杆下站着两个顽劣的小男孩。‘快看！’其中一个孩子嚷道。‘看什么？’另一个问。‘为何会有——那些脚印——光着脚，像是踩在泥浆里似的。’

“我低头一看，两个小顽童正站在那里，愣愣地注视着眼前的泥脚印，原来是我在刚刷白的台阶上留下的。络绎不绝的人群不断向这里推搡，可他们早已被这离奇景象深深吸引。‘咚，咚，咚，何时，咚，能见，咚，主的真容，咚，咚。’‘有人赤脚走上台阶，肯定是这样，’一个男孩说，‘而且他并没下楼，脚还在流血。’

“这时，人群中的大部队已经远去。‘看那里，泰德。’那个较为年幼的小侦探[2]用手指着我的脚，惊讶地尖叫起来。我

1　“何时能见主的真容”（When shall we see His face）：可能是英国赞美诗作者霍雷修斯·博纳（Horatius Bonar）一八五五年创作的著名圣歌《噢，我的主，你我面面相对》（Here, O My Lord, I See Thee Face to Face）。

2　威尔斯在前文中称那两个男孩为“小顽童”（urchin），此处又称其为“小侦探”，似在呼应柯南·道尔（Conan Doyle）福尔摩斯探案系列作品中的“贝克街小分队”（Baker Street Irregulars），这些街头流浪儿童被雇为福尔摩斯的情报人员。

低头定睛一瞧，立刻看见一摊泥浆中有双若隐若现的脚印轮廓。那一瞬间，我吓得两腿发软。

“‘唉，太奇怪了，’年长些的那个男孩说，‘简直太奇怪了！就像是魔鬼的脚印，对吧？’他踌躇片刻，伸手朝我这边摸索。一个男人突然停下脚步，想看看他在抓什么，随后有个女孩也围上前来。眼看他差点就要碰到我，我心里顿时有了主意。我向前迈进一步，把那男孩吓得尖叫起来，直往后退。随即纵身一跃，跨进隔壁另一栋楼房的门廊下。然而，那个年幼的男孩目光敏锐，很快便觉察到我的行踪。我还没来得及跑下台阶，踏上人行道，他已从惊愕中回过神来，大声呼喊着说那双脚印正翻墙而过。

“他们都冲过来，看见台阶下方和人行道上闪现出我留下的新脚印。‘怎么回事？’有人问道，‘有双脚！瞧啊！有双脚在跑！’

“除了三个追踪我脚印的人，马路上所有民众都一窝蜂地跟在救世军后面，不仅挡住我的去路，也让我的追踪者寸步难行。人群中，惊叫声此起彼伏，还不时传来刨根问底的议论。我一拳击倒身旁的小伙子，才趁机冲出重围。转眼间，我已绕着罗素广场的环形步道飞奔而去。六七个行人见状，满脸诧异地顺着我的脚印追上前来。幸好他们没时间向大家解释其中缘由，否则所有人都会来追赶我。

“我拐过两道弯，又三度横穿街道，才终于返回原路。

我的脚底跑得发热，逐渐变得干燥，潮湿的脚印也开始慢慢褪色。终于获得片刻喘息的机会，于是伸手擦干自己的脚印，这才算彻底脱身。最后一波追赶我的大约有十几个人。我看见他们一头雾水地研究着一个逐渐变干的脚印，那是我途经塔维斯托克广场[1]时踩进水洼后留下的。对他们而言，这个脚印孤零零地出现，令人百思莫解，就像鲁滨孙在荒岛上发现足迹似的[2]。

“这一阵奔跑使我全身愈渐暖和，我鼓起勇气穿过附近纵横交错的僻静马路。此刻，我的后背又硬又疼，被马车夫手指戳痛的扁桃体肿胀起来，脖颈的皮肤也被他的指甲划破；我的双脚更是疼痛难忍，其中一只脚被割破一小道伤口，走起路来一瘸一拐。这时，有个盲人朝我走来，我连忙踉跄着躲开，生怕自己被他敏锐的直觉发现。有一两次，我不小心与行人相撞，还忍不住咒骂几句。他们一脸茫然地愣在原地，听见骂声更是感到莫名其妙。后来，不知何物悄无声息地落在我的脸上。原来是片片雪花正从天而降，整片广场仿佛披上了一层薄纱。我已患上感冒，尽管拼命忍住，仍

---

1 塔维斯托克广场（Tavistock Square）：伦敦卡姆登区的花园广场，临近伦敦大学学院。

2 鲁滨孙在荒岛上发现足迹似的：指英国作家丹尼尔·笛福（Daniel Defoe）的《鲁滨孙漂流记》（*Robinson Crusoe*，一七一九）。小说中，主人公在海滩边发现一只野人的巨型脚印。

不免偶尔打几个喷嚏。但凡有狗出没，伸着鼻子好奇地东闻西嗅，都会令我胆战心惊。

“没过多久，出现了一群大人和孩子，先是有一个人在前面跑，接着其余人也跟上来，边跑边叫喊着：着火了。他们是从我住处的方向跑来的，我回头张望，看见街道尽头的屋顶和电话线上方都冒着滚滚黑烟。是我的寓所在燃烧。除了我寄存在大波特兰街邮件领取处的支票簿和三本书稿，我的衣服、仪器，以及其他一切财物都在房间里。燃烧吧！我已破釜沉舟——舍我其谁！全都付之一炬。”

隐身人停了下来，陷入沉思。肯普忐忑不安地瞥了一眼窗外。“然后呢？”他追问道，“继续说吧。”

第二十二章　在百货商场

“去年一月，一场暴风雪刚刚降临——倘若我身上留下积雪，必定使我原形毕露！——我时刻饱受疲惫、寒冷和伤痛的困扰，内心苦不堪言，对自己的隐身能力也半信半疑。就这样，我开始了自己一手造成的生活。我无处藏身，亦无一切设施，更无推心置腹的挚友。透露秘密无异于出卖我自己——势必让我成为仅供展览的稀罕之物。尽管如此，我依然有点想与路人搭讪，恳求对方怜悯。但我心知，这番贸然之举必将引发恐慌，导致极其残酷的结局。我在街道上游荡，茫然不知所措，只希望找个遮风避雪之处，能穿上衣服蔽体保暖，然后再做进一步的打算。可是，伦敦的家家户户都大门紧锁，无法进入，即便我这个隐身人也束手无策。

“眼下摆在我面前的唯一事实就是——我不得不裸露在严寒中，凄凉地度过风雪交加的夜晚。

“后来，我想出一个绝妙的主意。我拐了个弯，踏上一条从高尔街通往托特纳姆宫路的岔道，来到奥姆纽姆[1]商

1 奥姆纽姆（Omniums）：虚构的商场名称，取“包罗万象”（omnibus）之意。

场门前。想必你知道，这是一座巨型百货商场，里面应有尽有——肉类、杂货、布匹、家具、服装，甚至油画——各色商铺错落有致地聚集在一起，而非一家商店单独经营。我原以为这时商场门正开着，但事实并非如此。当我站在宽敞的入口时，一辆马车在我身旁停下，有个身穿制服的男人——你见过这些人，头戴缀有'奥姆纽姆'字样的礼帽——推开商场大门。我设法跟着进了门，往商场里走——途经一家服饰配件店，那里出售丝带、手套和短袜之类的商品——来到一片更开阔的区域，专卖野炊用的篮筐和柳条家具。

"不过，这里人来人往，我感到很不安全。我继续忐忑地四处寻觅，终于在楼上发现一大间库房，里面摆放着许多床架。我连忙攀爬着，在一大堆折叠整齐的羽绒床垫中间，找到了栖身之地。这地方炉火正旺，温暖舒适，所以我决定先在这里待到商场打烊，只需留意两三群在附近徘徊的店员和闲逛的顾客即可。我心想，关门以后我便可以偷些食物和衣服，将自己乔装打扮一番，再暗中仔细搜索，查查有无钱财，或许还能躺在床上睡一觉。这计划似乎切实可行。我的想法是先拿些衣服穿在身上，至少让自己像个人样，再弄点钱来，然后取回我的书稿和包裹，最后找个可以安顿的地方，精心制定计划，以便充分实现隐身术赋予我超越常人的种种优势（我至今仍对此念念不忘）。

"很快便到了商场打烊时间。我刚在床垫上躺了不足一个小时，就看见百叶窗已经拉下，顾客们成群结队地朝门口涌去。随即，一群精力充沛的年轻店员手脚麻利地整理起被顾客翻乱的商品。店里的人潮逐渐退去，我离开刚才的藏身地，小心翼翼地溜进顾客光顾较多的商铺。只见那群青年男女迅速将白天陈列待售的商品收拾好，动作之快令我诧异。成箱的货物、悬挂的丝织品、缀有花边的装饰带、食品区的盒装糖果，还有其他陈列商品，全都被取下摆放整齐，利落地塞进干净的储物柜里。至于那些无法取下或储存的商品，都用麻袋之类的粗布遮盖起来。最后，所有椅子都翻倒过来，搁在柜台上，使地面彻底腾空。那群青年男女收拾完毕，很快就离开了。他们个个容光焕发，我先前从未见过如此朝气蓬勃的店员。不久，又来了一群年轻人，他们提着水桶和扫帚，将锯末撒在地上。我只得闪身躲开，以免挡道，结果脚踝被锯末刺伤。我在熄灯后窗帘紧闭的商铺之间转悠着，听见他们在用扫帚清洁地面。终于，打烊一个多小时之后，耳边传来锁门的声响。空旷的商场里一片寂静，我独自一人徘徊游荡，穿行于纵横交错的店铺、连廊和陈列室。四周鸦雀无声，我记得自己经过面朝托特纳姆宫路的一处入口时，还听见外面行人鞋跟落地的啪嗒声。

“我首先来到此前看见出售短袜和手套的店铺。那里漆黑一片，我开始拼命翻找火柴，总算在小收银柜的抽屉里发现一盒。随即点燃一支蜡烛。我翻箱倒柜，撕开重重包装纸，终于找到了我需要的东西。盒子标签上写着：羊绒衬裤和羊毛背心。我还陆续翻出短袜和一条厚围巾。接着，我来到服饰区，取走长裤、休闲夹克、大衣，还有一顶软边毡帽——就是牧师常戴的那种，帽檐可以下翻。这时我才感到自己又有了人样，下一步得去找食物。

“楼上是茶点区，我在那里找到些冷肉。壶里还有咖啡，我点燃煤气，将它重新煮熟。总而言之，一切都还算顺利。后来，我又悄悄地四处搜寻，想找毯子——结果只翻出一堆鸭绒被——我走进食品杂货区，里面摆放着各色巧克力和蜜饯果脯，显然我无须享用那么多——还有一些白葡萄酒。玩具区就在附近，我突然心生妙计。我找到几只人造鼻子——你知道的，就是假鼻子，我还想到墨镜。可是奥姆纽姆商场里没有售卖眼镜的地方。先前，我的鼻子确实是个麻烦——我本想用颜料涂上。但现在有了假鼻子，倒让我想起假发和面具之类的玩意。最终，我躺在那堆鸭绒被里，温暖而又舒适地沉沉睡去。

“临睡前，我感到隐身以来从未有过的惬意，全身上下十分放松，内心也颇为平静。我心想，明天早晨就可以穿着衣服，拿找来的白围巾裹住脸，神不知鬼不觉地溜出去，再用偷来的钱买一副墨镜，这样便能将自己伪装得天衣无缝。想着想着我就进入了梦乡，混乱的梦境中全是过去几天发生的离奇古怪之事。我看见矮小丑陋的犹太房东在房间里大呼小叫，看见他那两个儿子在一旁惊讶不已的神情，还看见那个满脸皱纹的老太婆过来找猫时扭曲的嘴脸。我也再度体验到那块织布消失时的奇妙感受。在梦中，我重回那个寒风萧瑟的山坡，年迈的牧师抽吸鼻子，在我父亲敞开的墓穴前，喃喃地念叨着：‘土归土，灰归灰，尘归尘。’

“‘你也下去吧。’一个声音说道。突然，有人把我朝坟墓推去。我挣扎着，呼喊着，向送葬者求助，可他们无动于衷，继续循规蹈矩地进行着仪式。年迈的牧师亦是如此，葬礼期间始终念念有词，不断抽吸鼻子。我这才意识到，他们根本看不见我，也听不到我的求救。这时，那股难以抗拒的力量将我牢牢揪住。我拼命挣扎，却根本无济于事。我被逼到墓穴边，一脚踏空坠落在棺材上，里面传来一声闷响。紧接着，一锹锹沙土向我劈头盖脸地砸来。没人留意我，也没人关心我。我抽搐着垂死挣扎，一下子从梦中惊醒。

“黎明降临，伦敦笼罩在苍白的曙光之中。灰暗的寒光透过百叶窗的边缘投射进来，映照着整个商场。我坐起身，望着眼前宽敞的厅堂，遍布柜台成堆成卷的物品，还有层层叠叠的被褥和床垫，以及一根根铁制立柱，竟一时想不起自己身在何处。渐渐地，记忆被重新唤起，耳边传来交谈的声音。

“远处，有片售货区已经拉开百叶窗。明亮的光线中，两个人从那里走来。我急忙爬起来，环视四周，寻找脱身之路。但这时，我的动静显然已引起他们的警觉。想必他们只是看见有个身影悄无声息地一闪而过。‘谁在那里？’其中一人喝道，‘站住！’另一个也叫嚷起来。我冲到一处拐角，正好与一位身材瘦长的十五岁少年撞个满怀——要知道，我当时可是个无脸人！他顿时惊声尖叫，我一把将他推开，从他身旁飞奔而过。转过另一处拐角时，我急中生智，趴倒在柜台背后藏身。转眼之间，一群人朝这里冲来，我听见他们在呼喊：‘快守住出口！’有人问‘怎么回事’，还纷纷议论，究竟如何捉住我。

“我躺在地上，吓得魂不守舍。然而——奇怪的是——我其实应该脱下衣服，但当时竟然没有想到。或许是因为我曾下定决心，要把衣服穿走。这一想法始终萦绕在我脑海。这时，两排柜台之间响起一声喊叫：‘他在这里！’

“我一跃而起，从柜台边抡起一把椅子，朝那个冲我喊叫的蠢货砸去。我转身绕过拐角，又撞见一个傻瓜，一拳将他打得晕头转向，径直冲上楼梯。只听‘哎呀’一声，那人站稳脚跟，也奔上楼，在我身后穷追不舍。楼梯口堆放着一排排像陶罐之类的东西，色彩极为斑斓——那叫什么？”

“彩绘花瓶。”肯普提醒道。

“没错！就是彩绘花瓶。我刚登上最后一级台阶，便立刻掉转身，猛地抽出一只花瓶。待那个傻瓜追到跟前，就劈头盖脸地朝他砸去。整整一堆花瓶全都滚下楼梯，周围的呼喊声、脚步声此起彼伏。我疯狂地向茶点区奔去，那里有个身穿白衣的人，像是厨师，也朝我追来。我孤注一掷，拐过最后一道弯，却发现自己置身于灯具和五金器具之间。我躲在柜台后面，悄悄等候，在厨师带头冲进来之际，举起一盏灯将他砸得直不起腰。趁他倒地不起，我蹲在柜台后，迅速脱去衣服。大衣、夹克、长裤、鞋子都能轻而易举脱下来，可唯独那件羊毛背心像皮肤似的紧紧贴在身上。我听见周围的脚步声越发密集，而厨师仍静静躺在柜台另一边，一声不吭，看起来不是被打晕了，就是被吓昏了。我就像一只被猎人赶出柴堆的兔子，不得不再次逃命。

"'这边走，警察先生！'我听见有人在喊。原来我又回到堆放床架的那间库房，房间另一头全是衣柜，显得凌乱不堪。我冲进那堆衣柜，躺倒在地，挣扎着扭动身体，费尽周折才将羊毛背心扯下来，终于重获自由。这时，我累得气喘吁吁，看见警察和三名店员已经绕过拐角，不由得胆战心惊。他们朝背心和衬裤直冲过去，一把拎起长裤。'他正在丢弃赃物，'其中一个年轻人说，'他肯定就躲在附近。'

"不过，他们始终找不到我。

"我站在那儿注视着他们四处搜寻，心里埋怨自己倒了霉运，白白丢掉衣服。随后走去茶点区，找了些牛奶喝，接着坐在壁炉边，反思自己的处境。

"没过多久，两名店员走进来，兴致勃勃地讨论起刚才的事，简直像两个傻瓜。他们绘声绘色地描述着我的偷盗之举，极尽夸张之能事，还推测我的下落。然后，我又盘算起来。要想把赃物带出去根本是痴心妄想，何况现在商场已经高度戒备。我走到楼下的仓库，看看有无可能将其打包，填上地址邮寄出去，可我不熟悉这里的运送手续。大约十一点的时候，地上的积雪逐渐开始融化，天气比前一天更晴朗、更温暖。我对这家百货商场已不抱任何希望，只好悻悻离去。这次行动失败令我十分懊恼。而下一步该何去何从，我依然毫无把握。”

第二十三章　在德鲁里巷

“你现在应该明白，隐身使我面临的困境了吧，”隐身人说，“我既无藏身之处——亦无蔽体之物——一旦穿上衣服，便丧失优势，变成人见人怕的怪物。我不得不戒食。因为一吃东西，那些未消化的食物，会使我的模样更离奇可怖，终究无所遁形。”

“这一点我倒从未想过。”肯普说。

“我也没有料到。而且降雪让我意识到还有其他危险存在。我无法在下雪天出门——否则身上的积雪，必然将我暴露无遗。下雨天也是如此，我在雨水中会变成一个湿漉漉的轮廓、一个亮闪闪的人影——仿佛水泡似的。而有雾的时候——我看上去则像颜色更浅的水泡，一个表面，泛着油光的人形。此外，倘若我走出户外——置身于伦敦城中——我的脚踝总会积聚灰尘，空气中悬浮的烟雾与尘埃也会吸附在皮肤上。我不知道在如此境况下自己何时会显形。但我深知，不会太久。

“至少在伦敦，的确无须太久。

“我走进通往大波特兰街的贫民窟，来到我先前居住的那条街道尽头。但我没走这条路，因为街道中央人头攒动，他们就站在我纵火烧毁的房屋对面，废墟上空依然黑烟滚滚。我的当务之急便是寻找御寒衣物，怎样掩饰我的面容也是棘手问题。后来，我在一家小型杂货店——那里售卖报纸、糖果、玩具、文具，以及过时的圣诞小玩意等——看见一排面具和假鼻子，顿时豁然开朗，立刻选定了自己前进的方向。我改变主意，不再漫无目的地徘徊——而是从车水马龙的街道绕行，朝河岸街[1]北边的后巷走去。因为我隐约记得，那一带有几家租售戏服的店铺。

"当时天气冰冷，通往北面的街道刮来阵阵刺骨寒风。我加快步伐，以免被人追上。每次穿过路口都危险重重，更须时刻提防每个行人。在贝德福德街的尽头，我正要从一个人身旁经过，不料他突然转身扑来，一下子把我撞到马路中间，一辆行驶的出租马车险些从我身上碾过。据马车停车场的人说，那人碰巧中风发作。这场遭遇吓得我惶恐不安。于是我走进考文特花园[2]市场，在紫罗兰花摊旁觅得一处僻静角落，坐在那里休整，大口喘着粗气，浑身战栗不已。可我发现自己罹患感冒，不能在那儿待太久，免得喷嚏声惹人注意。

1　河岸街（Strand）：也译"斯特兰德"，伦敦特拉法尔加广场以东的街道，毗邻泰晤士河。

2　考文特花园（Covent Garden）：也译"科文特花园"，位于伦敦西区圣马丁巷与德鲁里巷之间，原为威斯敏斯特教堂的属地，后以露天市集著称。

“最后，我终于找到了理想的目的地。这是一家肮脏不堪的小商铺，位于德鲁里巷[1]附近的偏僻小道。各种金丝长袍、仿真珠宝、假发、拖鞋、假面披风[2]和演出剧照，将橱窗塞得满满当当。这家老式商铺店面很矮，光线昏暗，上面还有四层楼房，看上去黑咕隆咚，颇为压抑。我透过橱窗朝店里窥视，发现并没有人，便径直走进去。一推门，就听见铃声叮当作响。我并未关门，而是绕过空荡荡的衣架，躲进穿衣镜背后的角落里。刚开始，并没有人出现。过了一会儿，一阵沉重的脚步声从房间穿过，有个男人来到了店里。

“目前我的计划已相当明确。我打算先设法进屋，偷偷躲在楼上，伺机而动。等一切安静以后，就把假发、面具、眼镜和衣服统统翻出来，一旦穿戴妥当，便可走出门外。或许我的外表会有些古怪，但至少还像个人样。当然，我顺便还可以把店里的钱都偷走。

“进店的那个人身形矮小瘦弱，有些驼背，眉毛浓密，胳膊很长，两条罗圈腿却短得出奇。显然，我打扰了他吃饭。他一脸期待地环视店铺。可发现店里空无一人，变得有些惊讶，继而勃然大怒。‘该死的小鬼头！’说着他走出店门，

---

1 德鲁里巷（Drury Lane）：伦敦西区的街道，周围剧院林立，以皇家剧院（Theatre Royal）为代表。

2 假面披风（domino）：带帽兜的斗篷，并配以遮住半张脸的面具，常见于化装舞会。

朝街道两旁来回张望。很快，他又走进来，恶狠狠地对着店门猛踢一脚，骂骂咧咧地返回里屋。

“我走上前去，紧跟着他。他似乎听见我的动静，立刻停下脚步。那人听觉如此敏锐，令我倍感吃惊。砰的一声，他当着我的面关上里屋的门。我在门口驻足，犹豫不决。突然，我听见他快步返回，门再次打开。他似乎仍然不放心，站着又朝店里扫视一圈。接着，他一边喃喃自语，一边检查柜台后方，还翻箱倒柜仔细打量，最终满腹狐疑地站在那里。我趁着他没关里屋的门，悄悄溜了进去。

“这个房间既古怪又狭小，而且陈设简陋，角落还堆放着许多大型面具。桌上摆放着他尚未享用的早餐。我闻着咖啡的香气，站在一旁眼睁睁看着他回来继续用餐，肯普，这简直令人发指。还有他那副吃相，更是不堪忍受。屋里共有三扇小门，其中两扇分别通往楼上和楼下，可惜都关着。我与他同处一室，根本无法出去。而且他相当警觉，我一点也不敢轻举妄动。背后吹来阵阵冷风，有两次我差点打喷嚏，幸好及时忍住。

“我生性好奇，总是对新奇事物产生兴趣。还未等他吃完早饭，我就已颇不耐烦，憋着一腔怒火。最后他总算吃完饭，把破旧的陶碗搁在黝黑的铁盘上，那里原来摆着茶壶。他又拿起沾着芥末的桌布，把面包屑收拾在一起，然后端着一大堆东西离开。他本想随手将门关上，无奈手上东西太多，没法关门——像他这样喜欢关门的人，我真是头一次见——于是我跟着他走到地下室，进入脏兮兮的厨房和洗涤间。我饶有兴致地看着他开始洗碗，后来觉得一直待在楼下毫无意义，况且地砖踩在脚下凉飕飕的，于是我便返回楼上，坐在他那张壁炉边的躺椅上。眼看炉火有些微弱，我不假思索地添了几块煤。他听见壁炉边的声响，立刻冲上楼，眼睛瞪得滚圆。他扫视着屋内的角角落落，险些碰到我。即便经过一番仔细检查，他好像仍不放心，停留在门边，又来回察看一遍，才走下楼去。

“我在这间狭小的会客室等候良久，终于见他上来，打开通往楼上的门。我设法尾随其后。

“他突然在楼梯上停下脚步，我差点一头撞上他。他转头直视我的脸，竖起耳朵仔细听。‘我敢发誓——’他说着，用毛发旺盛的手，拉扯下嘴唇，目光则上下打量着楼梯，随即嘟哝一声，继续往上走。

“他刚握住门把手，便再次停了下来，脸上仍是那副困惑又愤怒的神情。他已逐渐觉察出我在其身旁的轻微响动，这家伙的听觉简直比恶魔还敏锐。他忽然怒火中烧。‘要是谁胆敢闯进屋里——’他破口大骂，带着威胁的口吻。话音未落，他把手伸进口袋，可没有摸到想找的东西，便踉跄着从我身旁穿过，怒气冲冲地奔下楼去。不过，我并未跟他下楼，而是坐在楼梯口，等他回来。

“没过多久，他又冲上楼，嘴里仍在嘀咕着。他打开房门，还没等我进去，就迎面猛地把门关上。

“我决定将这里彻底探索一番，尽可能轻手轻脚仔细搜罗。这栋老屋年久失修，已摇摇欲坠，并且极为潮湿，连阁楼上的墙纸都开始剥落，还有老鼠四处出没。有些门把手早已老化，我丝毫不敢转动。我搜查过好几个房间，有些没有任何家具，有些则凌乱地堆放着演出道具，一看就是二手货。在他隔壁房间，我发现许多旧衣服，便迫不及待地翻找起来，一时心急竟忘记他那双敏锐的耳朵。一阵鬼鬼祟祟的脚步声传来，我抬起头，恰好看见他正朝这堆乱七八糟的衣服张望，手里还握着一把老式左轮手枪。我站在那里纹丝不动，只见他瞪大眼睛，张着嘴巴，满腹狐疑地环视四周。‘一定是她，’他慢吞吞地说，‘真该死！’

“他悄悄关上门，我立刻就听见钥匙在锁孔里转动的声响。随后，他的脚步声逐渐远去。我突然意识到自己被反锁在里面，顿时有些不知所措。我从门口走到窗前，又走回来，站在那里一筹莫展，一股怒火涌上心头。但我还是决定先找衣服，再做下一步打算。可刚要伸手，一堆衣服就从橱架上层翻倒在地。他闻声而返，面容比先前更凶恶。这回他真的碰到了我，吓得我直往后退，惊恐地站在房间中央。

“不久，他稍显镇静。‘老鼠。’他用手指捂住嘴唇，低声说道，显然有点畏惧。我蹑手蹑脚地侧身走出房间，不慎踩中一块地板，嘎吱作响。这该死的家伙随即挥舞着手枪，开始满屋子乱跑，逐一将所有门锁上，把钥匙都装进口袋。看明白他的企图之后，我不禁怒火中烧——忍无可忍，再也不愿坐等契机。此时，我已知道屋里只有他一人，便二话不说朝他的脑袋猛敲。”

“你敲他的脑袋？”肯普惊讶地问。

“没错——把他打昏了——就在他下楼的时候。我抄起楼梯口的凳子，从他背后打过去。他当场滚下楼梯，好似一袋破旧的皮靴。”

“可是——听我说！人类共同的道德准则——”

“对普通人的确如此。但关键是，肯普，我必须乔装打扮从那里出去，并且不能被他发现，我实在别无他法。接着，我拿起一件路易十四[1]风格的背心塞住他的嘴，又用床单将他罩起来。”

“用床单把他罩起来！”

“把床单围成口袋的模样。这的确是个好办法，那蠢货吓得丝毫不敢吭声。况且，要挣脱出去比登天还难——那根束口绳离他的脑袋很远。亲爱的肯普，别坐在那里瞪着我，当我是个杀人犯似的。我是逼不得已，他拿着手枪。一旦被

---

1 路易十四（Louis Quatorze，一六三八—一七一五）：即“路易大帝”，法国波旁王朝君主，自称“太阳王”。

他看见，必定会将我暴露——”

“可是，”肯普说，“这里毕竟是英国——是现代社会。那人在自己家里，而你呢——简直是在抢劫。”

“抢劫！胡说八道！再说下去就要喊我强盗了！想必，肯普，你不至于愚蠢到故步自封的地步吧。难道你不明白我的处境？”

“他的处境我也明白。”肯普说。

隐身人骤然起身。“你这话是什么意思？”

肯普的脸色变得凝重起来，欲言又止。“我想，毕竟，”他突然转变态度，如是说道，“你是不得已而为之。当时，你确实身处困境。不过——”

“我当然身处困境——犹如炼狱。他把我气得发疯——在屋里四处搜寻我的踪迹，挥着手枪吓唬人，还把门锁了又开。这一切实在令人恼火。你不会责怪我，是吧？不会责怪我吧？”

“我从不责怪任何人，”肯普回答，“责怪之举早已不合时宜[1]。你接下来做了什么？”

---

1 这里将责怪他人的行为视作“不合时宜”（out of fashion）是在影射十九世纪末欧洲的颓废主义者与道德相对主义（moral relativism）观念。参见奥斯卡·王尔德（Oscar Wilde）的《道连·格雷的画像》（*The Picture of Dorian Gray*，一八九〇）第六章：“如今，无论什么事我都不表示赞成或不赞成。我不愿以这种荒谬的态度对待生活。我们不是被派到世上来宣扬道德偏见的。”

“我感到饥肠辘辘，于是下楼找到一条面包和一些酸臭的奶酪——饱餐一顿绰绰有余，顺便还喝了些掺水的白兰地。我上楼时，途经先前那个临时扎成的布袋——那人仍一动不动地躺在里面——走进堆放旧衣服的房间。这是个临街的房间，窗前那两条发黄的花边窗帘沾满污垢。我走上前去，透过窗帘缝隙向外张望。窗外阳光明媚——与昏暗无光的屋内相比，反倒显得过于刺眼。街道上一派车水马龙的景象，有几辆水果车、一辆双轮双座马车、一辆载着箱子的四轮马车，还有一辆鱼贩的货车。我觉得眼花缭乱，便转身回望房间里隐约可见的各种陈设。我的内心逐渐平静下来，再次清醒地认识到自己堪忧的处境。整个房间里弥漫着一股淡淡的汽油[1]味，我猜一定是用来清洗衣物的。

“我开始对这栋房屋展开全面搜索。我敢断定，那个驼背的家伙长期以来始终独居于此，绝对是个古怪的人。凡是可能有用的东西，我都翻找出来，汇集在衣物储藏室，供我挑选。我找到一只手提包，适合我收纳物品，还有一些粉底、胭脂和胶布。

“我曾设想过在脸上涂脂抹粉，添上油彩，以使自己显形。但这样做缺点也很明显，因为我若要再度隐身，就必须

1 汽油（benzoline）：尤指“含苯汽油”，十九世纪末常用于溶解或清除油脂。

使用松节油[1]和其他材料来卸妆，并且还需花费大量时间。最后，我选定了一张样式不错的面具，尽管略显怪诞，但比起许多普通人的长相，也不见得有多怪。我又配上深色的墨镜、灰白的胡须和一顶假发。没找到内衣，不过可以之后再买，暂且先用白棉布缝制的假面披风，以及几条白色羊绒围巾把自己包裹起来。袜子我也找不到，然而那个驼背店主的靴子虽有些宽松，但也算合脚。我在店铺的一张桌子里，发现三枚金镑和大约三十先令的银币。我又闯进里面那间卧室，在锁着的橱柜里找到八镑金币。终于万事俱备，想必我收拾一番，便可重返人间。

“但随后，我心里莫名其妙地泛起嘀咕。这身装扮真的不会令人生疑吗？我举起卧室里的一面小梳妆镜，从上往下全方位打量自己，以确认有无任何破绽，但一切似乎都无懈可击。尽管我的模样古怪，甚至有些戏剧效果，神似舞台上的守财奴，却也并非完全脱离现实。可我仍有些不够自信，便拿着那面梳妆镜下楼走进店铺，拉下百叶窗，利用墙角的穿衣镜，又从各个角度将自己仔细审视了一番。

“几分钟后，我终于鼓足勇气，推开店门，大步流星地来到街上。我无暇顾及罩在床单里的那个小矮子，至于何时

1　松节油（turpentine）：松柏科植物树脂的提取液，常作为油画颜料的稀释剂。

愿意钻出来随他的便。仅仅五分钟，我已离开那家戏服店，绕过了十几个拐角。我的出现似乎并未引起路人侧目，看来我已克服最后一道难关。”

说罢，隐身人又停了下来。

“那个驼背店主你就不再担心了？”肯普问。

“不担心，”隐身人答道，“我也没听闻他的消息。我猜他没准自己解开绳子，或是用脚蹬开了。那些绳结系得很紧。”

他一时陷入沉默，走到窗前，向外凝望。

“那你走到河岸街之后发生了什么事？”

“唉！——希望再度破灭。我原以为麻烦都已解决，继而可以为所欲为，不受任何约束——只要没泄露我的秘密。我始终抱有这样的想法。无论做过何事，造成何种后果，我都不在乎。一旦脱下外套，我便可隐形，彻底逃之夭夭，谁也抓不到我。见到钱，我伸手就能占为己有。我决定先美餐一顿犒劳自己，然后找家上等酒店入住，再搜罗一套新衣装。我是如此自命不凡，现在回想起当时的蠢相，心里很不是滋味。我走进一家餐馆，刚准备点菜，突然想起如果吃饭，就得暴露隐形的脸。点完菜之后，告诉侍者要因故离开十分钟，随后便气急败坏地溜走了。不知你是否有过这种令人失望的经历，本想大饱口福，却什么都没吃到。”

“倒是没这么糟糕，”肯普回应道，“不过可以想象。”

"我真恨不得把这群白痴暴打一顿。我饿得头晕目眩，最终实在难以抑制对美食的渴望，走进另一家餐馆，并要求提供包间。'我毁容了，'我说，'非常严重。'他们好奇地看着我。当然，这与他们无关——因此我终于能享用午餐。尽管这顿饭口味欠佳，但还算凑合。饭后，我叼起雪茄坐在桌前，盘算着下一步的行动计划。屋外，暴风雪从天而降。

"肯普，我思考得越深入，便越发清晰地意识到，隐身人是多么无助而荒谬的存在——尤其是面对天寒地冻的恶劣气候，置身于人口稠密的文明城市。在展开这项疯狂的实验之前，我曾幻想隐身会带来的各种各样的好处。然而那天下午发生的一切，使我倍感失望。我脑海中浮现出人人梦寐以求的那些东西。毫无疑问，凭借隐身术，它们皆唾手可得。但也正因为隐身，即便得到也无福消受。比如野心——纵使你身居高位，可如果无法现身，又有何用呢？纵使你博得芳心，可如果她是大利拉[1]，又有何用呢？我既无政治抱负，也不愿沽名钓誉；既无慈善之心，也不爱体育运动。我该怎么办呢？为了追求隐身，我已成为重重包裹的神秘人物，成为缠满绷带的荒唐怪客！"

他停顿了一下，目光飘忽不定，似乎正朝窗外眺望。

---

1 大利拉（Delilah）：《圣经·旧约》中犹太士师参孙（Samson）的情妇，因贪婪而出卖参孙。

“但你后来怎么到艾平去的？”肯普问，迫不及待地想听客人说下去。

“我去那里是为了继续研究工作。当时我有个愿望，但还尚未成熟！我至今仍抱有希望，而且这一设想已呼之欲出。那就是，找到重新显形的方法！还原我的本来面目。这样我就可以有所选择，既可凭借隐身为所欲为，又可随时恢复原貌。这就是我现在最想和你谈论的事情。”

“你是直接去艾平的吗？”

“没错。我只想去取回三本书稿，以及我的支票簿、行李和内衣，并订购一批化学药剂来实现我的设想——一旦拿到书稿，我就会向你展示演算过程——于是我开始付诸行动。天哪！那场暴风雪我至今记忆犹新，为了不让雪水浸湿纸板制成的鼻子，我简直是煞费苦心。”

“最终，”肯普说，“也就是前天，据报道称——当他们发现你的时候，你却——”

“是我干的，没错。那个笨蛋警官被我打死了吗？”

“没有，”肯普回应道，“他应该很快就会康复。”

“那算他走运。我简直气得发疯，那群蠢货！他们为何非要来搅我清净？还有那个卖杂货的乡巴佬呢？”

“估计没人丧命。”肯普告诉他。

“不知我那个流浪汉助手怎么样了。”隐身人苦笑着说。

“天哪，肯普，你不知道究竟何为愤怒至极！……我埋头耕耘多年，一切都有条不紊，安排妥当，中途却被那群笨手笨脚、半聋半瞎的白痴搅得一团糟！……真是什么样的傻瓜都被我撞见了。

“再这样下去，我恐怕会崩溃——我得将他们赶尽杀绝。

“说实话，他们的出现使整件事更加困难重重。”

“这确实令人恼火。”肯普冷冷地说。

第二十四章　计划破产

“可是现在，”肯普说，余光瞥向窗外，“我们该如何是好？”

他一边说着，一边朝客人靠近，以免对方突然看见正沿着山路走来的三个人——肯普觉得他们的步伐奇慢无比。

“你为何要来伯多克港？有什么计划吗？”

“我原本打算离开这个国家。但遇见你之后，我改变了主意。我先前设想，炎热的天气便于隐身，可以前往南方，这绝对是明智之举。况且我的秘密已公之于众，人人都会警惕蒙着面具、全身包裹的人。你们这里有直达法国的轮船。我打算偷偷登船，来一场冒险之旅，然后从法国坐火车去西班牙，或者想办法去阿尔及尔[1]，这并非难事。在那里，我随时都能隐身——无论生活与工作，都随心所欲。我尚未想好如何将书稿和行李寄出国，所以暂且把那个流浪汉当作钱箱和行李搬运工。”

1　阿尔及尔（Algiers）：当时被法国占领，作为法属北非殖民地的军事和政治中心，现为阿尔及利亚首都，是非洲北部最大的港口城市之一。

“计划得很清楚。”

“岂料那可恶的混蛋竟想打劫我！他已经把我的书稿藏了起来，肯普。藏我的书！看我如何逮住他！

“最好先想个办法，把书从他手中拿回来。”

“可他在哪里呢？你知道吗？”

“在镇上的警察局，按照他自己的要求，锁进最坚固的牢房里。”

“狗东西！”隐身人吼道。

“不过这多少会耽误你的计划。”

“我们必须找回那些书稿，它们至关重要。”

“当然，”肯普略显紧张地说，不确定他是否听见了外面的脚步声。“当然得找回那些书稿。只要他不明白书稿的重要性，想找回应该不难。”

“他不明白。”隐身人说着，又陷入沉思。

眼看谈话中断，肯普竭力寻找可以继续的话题，不料隐身人主动开口了。

“自从闯进你家，肯普，”他说，“我的计划便彻底改变。因为你能理解我。尽管接连发生这么多事，尽管我的秘密已人尽皆知，不仅丢失书稿，还饱受折磨，但仍有可能成功，可能性很大——”

“你没告诉别人我在这里吧？”他突然问道。

肯普迟疑片刻。“这还用问？”他说。

“谁都没有？”格里芬并未罢休。

“一个也没有。”

“啊！看来——”隐身人站起身，双手叉腰，开始在书房里踱步。

“我犯了个错误，肯普，相当严重的错误，我不该单打独斗。这样不仅费时费力，还错失良机。单打独斗——一个人的力量终究微不足道！抢点小钱，伤几个人，仅此而已。

“我所需要的，肯普，是一名守门员，一位好助手，一处藏身地，一切安排得井井有条，使我能够心无旁骛地睡觉、吃饭与休息，免遭外界怀疑。我必须找个同伙。有同伙相伴，且食宿无忧——那么任何事皆可干成。

“事到如今，我始终没能理清头绪。我们必须对隐身术的优势与弊端展开全面剖析。比如窃听之类的事情，它能发挥的作用不大——因为人总会发出声响。若要入室盗窃——或许略有用处——但微乎其微。因为你一旦把我抓住，便能轻而易举地监禁我。不过话说回来，我其实很难被抓住。事实上，隐身术只在两种情况下才能派上用场：一是用于逃遁脱身，二是用于靠近目标。因此隐身术作为杀人利器格外管用。无论对手持有何种武器，我都能悄悄贴近他，找准进攻点，随时给予致命一击。灵活躲闪，来去自如。”

肯普用手捋着胡子，心想：“楼下是有动静吗？”

“我们要做的正是杀人，肯普。”

“我们要做的正是杀人，”肯普跟着重复道，“我正在听你的计划，格里芬，但请你记住，我不同意。为何杀人？”

“并非肆意杀戮，而是经过审慎选择。关键在于让他们明白隐身人真实存在——正如我们所知。而这个隐身人，肯普，如今必须建立一个恐怖帝国。没错，毫无疑问，这相当骇人听闻，但我是说真的——恐怖帝国。必须占领像伯多克这样的城镇，恐吓民众，继而实施统治。必须发号施令，方法有千百种——例如，将纸条塞进门缝里即可。谁敢反抗，格杀勿论；纵容反抗，一律处决。”

“哼！”肯普感叹一声，不再听格里芬说话，却听见前门开合的声响。

“依我之见，格里芬，”他说道，试图掩饰自己刚才心不在焉，“你的同伙处境堪忧。”

“没人会知道他是我同伙，”隐身人急不可待地说。忽然，他岔开话题：“嘘！谁在楼下？”

“没人。”肯普答道。他提高嗓门，加快语速。“我不同意，格里芬，”他说，“但愿你明白，我完全不同意这么做。你为何要与人类为敌？你能从中获得幸福吗？别再一意孤行。将你的成果公之于众。相信这个世界——至少相信我们的国家。好好想想，倘若有成千上万帮手助你一臂之力，还有什么理想无法实现呢——”

隐形人伸开双臂——打断肯普的话。“有人正在上楼。”

他压低声音。

“胡说。”肯普嚷道。

“让我瞧瞧。”隐身人伸出手，朝门边走去。

后来的一切都发生在转瞬之间。肯普迟疑了片刻，立即冲上前去拦住他。隐身人大吃一惊，愣在原地。“叛徒！”咆哮声传来，只见睡袍突然被解开。隐身人坐下身，开始脱衣服。肯普三步并作两步跨到门边，隐身人——他的腿已消失不见——立刻大吼一声，跳了起来。肯普顺势猛地拉开门。

门一开，就听见楼下传来一阵急促的脚步声和说话声。

肯普眼疾手快，使劲把隐身人往屋里一推，自己跳到旁边，砰的一声关上门。钥匙早已插进门外的锁孔里。不出意外，格里芬即将被反锁在瞭望台的书房里，成为孤苦伶仃的囚徒。岂料事情突然出现转机。原来当天早晨，肯普插入钥匙时颇为匆忙。他刚才用力关门，钥匙应声滑落在地。

肯普顿时面色煞白，双手竭力抵住门把手，僵持在那里好一会儿。眼看房门被推开六英寸，他使劲顶回去。很快，门再次被猛地推开一英尺，那件睡袍趁机挤进门缝里。转眼之间，肯普已被看不见的手指掐住喉咙，不得不松开门把手，挣扎着反抗。他被逼得直往后退，脚下绊了一跤，重重跌在楼梯口的墙角。那件空空如也的睡袍一甩而过，劈头盖脸地砸在他脑袋上。

站在楼梯中间的是埃迪上校。他是伯多克的警察局长，收到肯普的来信便迅速赶到这里。面对肯普的突然出现，他先是一愣。接着，一件睡袍从空中掠过，更令他惊愕不已。他看见肯普跌倒在地，又挣扎着站起身，向前冲去，但随即又像公牛似的倒在地上。

刹那间，他遭到一拳猛击。可周围什么都没有！似乎有个庞然大物正朝他扑来。埃迪感到喉咙被紧紧掐住，下腹也被膝盖顶住，紧接着被头朝下狠狠推下楼梯。有只看不见的脚从他背上踩过，耳边传来一阵幽灵般的脚步声，啪嗒啪嗒走下楼。不一会儿，他听见门厅里两位警察尖叫着逃窜，砰的一声前门被重重关上。

埃迪翻身坐起，不禁目瞪口呆。他看见肯普蓬头垢面，衣衫不整，半边脸被揍得发青，嘴角还渗着血，怀里揣着一件粉红色的睡袍和几件内衣，一瘸一拐地走下楼梯。

“我的天哪！”肯普大声呼喊，“完蛋了！他逃跑了！”

第二十五章　追捕隐身人

事发突然，肯普一时间语无伦次，埃迪一开始并没明白刚才是怎么回事。两人站在楼梯口，肯普滔滔不绝地讲着，胳膊上还挂着格里芬那堆奇特的绷带。片刻之后，埃迪对目前的情况逐渐有所了解。

“他疯了，”肯普说，“毫无人性，完全是个自私自利的家伙。他只顾自己的利益与安危，别的一概不管。今天早晨他向我交代，为满足一己私欲曾犯下残忍罪行……许多人惨遭其伤害。如果我们不加以制止，他肯定还会滥杀无辜，制造恐慌，并且不受任何约束。现在他已逃跑——明显气急败坏！”

“肯定得抓住他，”埃迪说，“毋庸置疑。”

“但怎么抓呢？”肯普嚷道，突然有了各种主意，“你必须立刻采取行动，调集一切可能的人马，阻止他离开这片地区。一旦他逃离这里，就会闯进乡间胡作非为，大开杀戒。他企图建立恐怖帝国！你听清楚，是恐怖帝国。你必须派人密切监视铁道、公路和码头，甚至出动警备部队。你必须发电报寻求帮助。目前唯一能使他留在这里的理由，就是取回那几本他视若珍宝的书稿。我之后再向你解释！你们警察局里关着一个人——叫马维尔。”

“我知道，”埃迪说，“我知道。那些书稿——是的。但那流浪汉……”

“说他没拿吧。可隐身人言之凿凿，认定是流浪汉偷走的。你必须阻止隐身人吃饭睡觉，所有民众都必须动员起来，对他日夜监视。食物都必须锁好藏起来，我是说一切食物，这样他就不得不入室行窃。因此家家户户都必须门窗紧闭，以防他强取豪夺。希望上天保佑，寒夜漫漫，雨水不止！整片地区都必须开始对他实施追捕，并且搜查到底。我告诉你，埃迪，他是个危险分子，必将带来灭顶之灾。除非将他擒获并彻底制服，否则未来祸患无穷。”

“我们还能做什么呢？”埃迪问道，“我得立刻下山去部署行动。可是你为何不加入呢？对啊——你也一起来！走吧，我们还得召开一场战时动员会——把霍布斯也喊来帮忙——还有铁路公司的经理们。天哪！此事刻不容缓。走吧——边走边告诉我。我们还能做些什么？把你手上那破玩意先放下。”

不一会儿，埃迪便带头走下楼梯。他们发现前门敞开着，两位警察站在空荡荡的屋外，东张西望。“他已经跑了，先生。”其中一人说道。

“我们必须立刻赶回总局，”埃迪说，“你们俩谁先下山去，叫辆马车上来接我们——快去。现在，肯普，还需要做什么？”

“狗，”肯普回应道，“找几条狗。狗虽然看不见他，却能闻出他的气味。把狗找来。”

“好主意，”埃迪说，“一般人对此并不清楚，但霍尔斯特德的监狱官们认识饲养警犬的人。除了狗之外，还有别的吗？”

“请记住，”肯普说，“他吃完食物会显形。任何食物在尚未消化之前都会显现出来。所以每顿饭后，他都得找地方藏身。你必须穷追不舍，执着到底。每一片灌木丛，每一处僻静街角，都不能放过。还必须将一切武器——一切可以用作武器的装备都收拾起来。他不可能长时间随身携带这些器械。因此凡是他能抢夺的伤人工具都必须藏好。”

“这也是个好办法，”埃迪说，“我们一定会抓住他！”

“还有，要在马路上……”肯普说到一半有些迟疑。

“什么？”埃迪问。

“撒满碎玻璃，”肯普接着说，“我知道，这非常残忍。可想一想他的所作所为！”

埃迪猛地倒吸一口凉气。“这恐怕有违人道吧，我也说不准。不过，我会准备好碎玻璃。万一他太过分的话……”

“我告诉你，他已彻底丧失人性，”肯普说，“我敢保证，一旦他逃亡后的不安情绪得以平复——他肯定会建立恐怖帝国——我对此确信无疑。我们唯一的机会就是先下手为强。他已自绝于人类，罪就必归到自己的头上[1]。”

1 罪就必归到自己的头上（His blood be upon his own head）：即自食其果，引自《圣经·旧约·以西结书》第三十三章第四节：“凡听见角声不受警戒的，刀剑若来除灭了他，他的罪就必归到自己的头上。”

第二十六章　威克斯蒂德谋杀案

隐身人带着一腔怒火从肯普家飞奔而出，看见有个孩子在肯普家门口附近玩耍，竟粗暴地将他抓起，往路边一抛。那孩子的脚踝顿时被严重摔伤。之后几个小时里，隐身人彻底从人们的视线中销声匿迹。没人知道他去往何处，也没人知道他在干什么。不过可以想见，隐身人在临近正午的时候顶着六月骄阳匆匆爬上山坡，来到伯多克港口背面开阔的丘陵地带，为自己命运多舛而愤慨和绝望。最终，他感到酷热难耐，精疲力竭，于是躲进欣顿迪恩的灌木丛，重新开始制定已经破产的与人为敌计划。似乎那片树丛最有可能是他的藏身之地，因为下午两点左右，他正是在那里，以极其残酷的方式，再次宣示自己的存在。

有人会问，那段时间里他作何感想，有何图谋？毋庸置疑，肯普的背信弃义使他恼羞成怒。尽管这种出卖行为的动机不难理解，但我们依然可以想象，甚至有几分同情，隐身人遭到暗算之后的那种愤怒心情。或许，他又回忆起在牛津街上胆战心惊的经历，因为他显然指望肯普与他合作，实现建立恐怖帝国的残忍梦想。总而言之，自中午开始，隐身人就仿佛从人间蒸发，直至下午两点半，没人知道他在忙些什么。对人类来说，这或许是件幸事，但对他而言，止步不前将造成致命危险。

在这段时间里，越来越多的人参与追捕行动，足迹遍布山川乡野。当天早晨，隐身人在人们心目中还只不过是一个传说，是恐怖的象征。可是到了下午，尤其是读过肯普那份措辞郑重的通告以后，人们才将他视为切实存在的对手，必须予以重创、逮捕和制服。于是，乡间民众以迅雷不及掩耳之势自发组织起来。两点以前，隐身人兴许还能乘坐火车逃离这里，但两点之后根本无法成行。纵观南安普敦、曼彻斯特、布莱顿和霍舍姆[1]这四座城市构成的超大平行四边形铁路网，每一辆客运列车行驶时都紧锁车门，货运列车则几乎全线停驶。而在伯多克港周围方圆二十英里的范围内，人们手持枪支和棍棒，三五成群地牵着警犬，对道路和田野展开全面搜索。

骑警们在乡间小路来回巡逻，挨家挨户地告诫民众锁好门窗，没带武器千万别出门。所有小学一律在下午三点前放学，孩子们个个惶恐不安，成群结队地往家里赶。下午四五点钟光景，肯普撰写的通告——经过埃迪签署——几乎已贴

1 霍舍姆（Horsham）：英国萨塞克斯郡的城市，位于伦敦西南约三十一英里处。

满大街小巷。通告上简明扼要地介绍这场斗争的形势，提醒民众绝不要给隐身人提供吃饭和睡觉的机会，务必时刻保持警惕，密切留意他的一举一动。当局的行动十分迅速果断，没过多久，人们就对这位怪客的存在深信不疑。夜幕降临之前，方圆几百平方英里的地方已经形成严密的包围圈。与此同时，也正是傍晚时分，戒备森严的乡间地带都人心惶惶，笼罩在一阵恐惧之中。大家交头接耳，口口相传，谈论着威克斯蒂德先生被杀一事，这则消息明白无误地迅速传开，最终整座村庄人尽皆知。

倘若真的如我们所料，隐身人将欣顿迪恩的灌木丛作为栖身之所，那我们亦可推断，他已于午后再次突出重围，并决心使用武器来实施某项计划。计划的详情我们一无所知，然而隐身人在遇见威克斯蒂德之前，就已手执铁棍，这是不容辩驳的事实。

那次相遇的细节我们无从知晓。案发地点在一个砾石坑边，距离伯多克勋爵府邸的入口不足两百码。种种迹象表明那里曾发生过一场殊死搏斗——地面满是踩踏痕迹，威克斯蒂德先生更是遍体鳞伤，连拐杖都被砸得粉碎。可是隐身人为何袭击他呢？除了丧心病狂的谋杀欲望，很难想象还有别的动机。诚然，人们难免会将隐身人视为杀人狂魔。威克斯蒂德先生四十五六岁，是伯多克勋爵的管家，性情随和，面容亲切，是最不可能招惹这个可怕敌人的。隐身人袭击他的武器似乎是从破栅栏上拔出的一根铁棍。威克斯蒂德先生平时寡言少语，那天他正默默走在回家吃午饭的路上。隐身人在途中拦住他，趁其不备发起突袭，打断他的胳膊，将他击倒在地，甚至砸得脑袋开花。

当然，隐身人肯定在遇见被害人之前，就已将铁棍从栅栏上拔出——握在手中提前做好进攻准备。除上面提及的情况之外，另有两处细节与此事相关。其一是砾石坑并不在威克斯蒂德先生回家的必经之路上，而是在距离那条道路近两百码开外的地方。其二是有个小女孩坚称，她下午放学时，看见被害者曾以奇怪的步伐，“一路小跑”越过田野，朝砾石坑奔去。从她模仿的动作姿势来看，威克斯蒂德先生像是在追赶面前的什么东西，还时不时用拐杖击打。那小女孩是他遇害前的最后一位目击者。威克斯蒂德先生跑出她的视线之后，便惨遭毒手。由于一丛山毛榉树和一湾浅坑遮挡，她恰好没能看见搏斗时的情形。

由此可见，至少在本书作者看来，这场谋杀案事出有因，并非纯粹滥杀无辜。我们可以想象，格里芬确实手持铁棍作为武器，但没打算用它蓄意行凶。也许威克斯蒂德当时正好路过，发现有根铁棍莫名其妙地在空中晃动。他根本没想到会是隐身人——因为那里距离伯多克港有十英里之遥——于是便追赶过去。甚至还有可能，他压根就没听说过隐形人这回事。不难想见，隐身人原本想悄悄溜走——以免被附近的民众发现行踪。然而威克斯蒂德既兴奋又好奇，跟着移动的不明物体穷追不舍——最后还使劲击打它。

毫无疑问，通常情况下，隐身人能够轻而易举地将追逐他的中年人甩在身后，但从威克斯蒂德尸体被发现的位置来判断，这个倒霉的家伙将目标逼得走投无路，赶到一簇荨麻丛和砾石坑之间的角落里。对见识过隐身人暴烈脾气的人而言，此事的最终下场可想而知。

然而这一切纯属臆测。唯一不可否认的事实是——况且孩子的话也往往不靠谱——威克斯蒂德的尸体被发现，证明他被殴打致死，还有荨麻丛中那根血迹斑斑的铁棍。格里芬丢弃铁棍的举动说明，惨剧发生时他情绪波动极大，原先手持铁棍想要实施的计划——倘若他的确有意而为——已被抛诸脑后。他显然是个自私自利、冷酷无情的家伙，但目睹自己第一个受害者沦为牺牲品的惨状，鲜血淋漓地躺在脚下，长久以来压抑在心中的悔恨之情顿时如泉水般喷涌而出，彻底冲垮了他的行动图谋。

隐身人杀害威克斯蒂德先生之后，似乎穿过乡间，向丘陵地带走去。据两名知情者透露，日暮时分，他们在弗恩洼地附近的田野里听见一个声音。那声音忽而痛哭，忽而大笑，忽而啜泣，忽而呻吟，还不时咆哮几句，听起来相当古怪。那声音从一片苜蓿地中间飘过，逐渐消失在群山尽头。

那天下午，想必隐身人已经觉察出，肯普正利用自己透露的秘密，迅速采取行动。他肯定会发现家家户户都门窗紧锁，严阵以待。他或许还曾在火车站周围游荡，在各家旅馆附近徘徊，必然也读到过那份通告，对这场以他为目标的搜捕保卫战有所了解。夜色渐深，田间遍布着三五成群的人马，犬吠声此起彼伏。参与搜捕的民众得到特别指示，万一与隐身人爆发冲突，知道彼此应当如何相互支援。然而隐身人最终逐一避开了他们。我们或许能够理解，他之所以如此愤怒，正是因为他自己提供的信息，反倒被搜捕者无情地利用来对付他。至少在那一天，他整个人心灰意冷。将近二十四个小时里，除了袭击威克斯蒂德的那段时间，他始终处于被追捕的状态。当天夜里，他一定吃饱喝足，好好睡了一觉。因为翌日早晨，他就再次精神抖擞，容光焕发，一副孔武有力、凶神恶煞的模样，准备与这个世界展开终极之战。

第二十七章　围攻肯普住宅

肯普收到一封奇怪的来信。这封信由铅笔书写，纸上油迹斑斑。

“你果然有勇有谋，令人叹服，”信中写道，“但我无法理解你这么做究竟有何好处，竟敢与我作对。你们追捕了我整整一天，连夜里也让我难以休息。尽管如此，我依然吃得饱，睡得香，这场游戏才刚刚开始。没错，游戏刚刚开始。我别无他求，只为建立恐怖帝国。我在此宣布，从今天起，恐怖帝国正式实施统治。告诉你的警官上校，还有其他人，伯多克港已不再归属女王管辖，而是在我的统治之下——恐怖帝国！今天是新纪元的元年元日[1]——隐身人的新纪元。我就是隐身人一世。没有规矩，不成方圆。有人将在第一日被处决，以儆效尤——他的名字叫肯普。今天就是他的死期，他可以将自己锁起来，藏起来，派人守卫，甚至可以身披盔甲——然而死神，看不见的死神，正在缓缓降临。请他早做

1　新纪元的元年元日（day one of year one of the new epoch）：影射法兰西第一共和国的革命历法“法国共和历”（calendrier républicain），将一七九二年九月二十二日建国之时视为元年元月元日，后被拿破仑废除。

防备，这样我的臣民会更加铭记于心。正午时分，死神将从邮筒启程。邮差抵达之际，这封信会投递进来，然后寄出！游戏就此开始。死神已经上路。别帮助他，我的臣民，否则死神也将降临在你的头上。今天，肯普必死无疑。”

肯普把信反复读了两遍，“这绝非戏言，”他说，“正是他的口吻！看来他是认真的。”

他将折叠好的信纸翻过来，看见填写地址的一面盖着欣顿迪恩的邮戳，以及“欠邮资两便士”的字样。

他缓缓地站起身，放下尚未吃完的午餐——这封信是一点钟那班邮差送来的——走进书房。他摇铃召唤女佣，吩咐她立即巡视整栋房屋，检查窗闩是否全部关紧，并合上所有百叶窗。肯普亲自拉好书房的百叶窗，从卧室锁着的抽屉里，取出一把小型左轮手枪，检查再三后塞进休闲夹克的口袋里。他还写了好几张便条（其中一张是给埃迪上校的）交给女佣，并明确交代出门的路线。“不会有危险，”他说，但似乎心里不甚踏实，于是补充道，“对你而言是这样的。”一切安排完毕之后，他沉思片刻，又继续吃起已经变凉的午饭。

他若有所思地吃着，最后猛地敲了敲桌子。“我们一定能抓住他！”他说，“我充当诱饵，他绝对会上钩。”

他走到瞭望台，小心翼翼地关闭每一扇门。“这是一场游戏，”他说，“不同寻常的游戏——格里芬先生，尽管你拥有隐身之术，但胜利掌握在我手中。格里芬冒天下之大不韪[1]……已被复仇之心彻底蒙蔽。”

他伫立在窗前，凝望着炎炎烈日下的山坡。“他每天都得四处觅食——我可不羡慕他。谁知道他昨晚是否真的睡着了？在那荒郊野外——不会被人撞见。但愿天气降温转冷，再好好下几场雨，别这么炎热。

“或许他此刻正在监视我。”

他走到窗边。这时，不知何物迅速掠过，砸中窗框上方的砖墙，他吓得猛地朝后退去。

“我实在太紧张了。”肯普心想。但是五分钟后，他再次走向窗边。“刚才一定是只麻雀。”他安慰自己。

没过多久，他听见前门铃声响起，便匆匆地赶到楼下。他卸下门闩，解开锁，检查门链并挂起来，然后躲在后面，小心翼翼地推开门。一个熟悉的声音招呼他。原来是埃迪。

“你的女佣遭到袭击，肯普。”他隔着门说道。

“什么！”肯普惊叫起来。

“你交给她的便条也被抢走。隐身人就在附近，快让我进去。”

肯普松开门链，埃迪通过狭小的门缝，勉强才挤进来。

---

1 冒天下之大不韪：原文为拉丁语“contra mundum”，意为“与世界作对”（against the world）。

他站在门厅里，看着肯普重新闩上前门。“便条从她手中被抢走了，把她吓得不轻。她目前在警局，整个人已变得歇斯底里。隐身人应该就在附近。纸条上写了些什么？”

肯普咒骂起来。

“我真是愚蠢，”肯普说，“我早该想到会这样。从欣顿迪恩走到这里，用不了一个小时。他已经到了？”

“怎么回事？”埃迪问。

“看这里！”肯普说着，领埃迪进入书房，把隐身人寄来的信交给他。埃迪读着信，轻声唏嘘。“那你——？”埃迪又问。

“设置了一个圈套——简直像个傻瓜，”肯普说，“派女佣去送信，结果竟然把计划送到他手上。”

埃迪也跟着肯普咒骂起来。

“他肯定会离开这里。”埃迪说。

“他才不是这种人。”肯普说。

突然，楼上传来一声巨响，是玻璃碎裂的声音。埃迪瞥见肯普口袋里那把银光闪闪的小型左轮手枪，有半截露在外面。“是楼上的窗户！”肯普喊道，带头冲上楼去。两人走到楼梯半道，又听见一声击碎玻璃的响动。当他们来到书房后，发现三扇窗户已有两扇被砸碎，半个房间都散落着玻璃碎片，还有一大块燧石躺在写字台上。两人站在门边，面对着满地狼藉。肯普又咒骂起来，就在这时，只听啪的一声，像有人扣动扳机似的，第三扇窗户应声开裂。悬停片刻之后，裂纹迅速呈放射状展开，碎成参差不齐的三角形残片，蓦然间散落在地。

“这是什么情况？”埃德问。

“这才刚刚开始。”肯普说。

“不可能爬到这上面来吧？”

“连猫都别想爬上来。”肯普说。

“没有百叶窗吗？”

“这里没装。楼下所有房间都有——哎哟！”

楼下再次响起玻璃的碎裂声，随即是木板的撞击声。“真见鬼！”肯普叫嚷起来，“那一定是——没错——是其中一间卧室。他要将整栋房屋统统砸碎。可他实在愚蠢至极，百叶窗都已关闭，窗玻璃只能朝外掉落，肯定会割破他的脚。”

哗啦一声，又有一扇窗户变得支离破碎。两人站在楼梯口，茫然不知所措。“有了！”埃迪喊道，“给我一根拐杖之类的东西，我得下山回一趟警局，把警犬牵过来。保证能收拾他！警犬就在附近——用不了十分钟——”

另一扇窗户同样在劫难逃，也被砸碎。

“你不是有把左轮手枪吗？”埃迪问。

肯普伸手往口袋里摸，可转眼间又有些踌躇。“我没有——仅此一把。”

“我会把枪带回来还你的，”埃迪说，“你待在这里很安全。”

肯普为刚才一时说谎而羞愧不已，便把枪递给他。

“现在去开门。”埃迪说。

正当两人站在门厅犹豫不决之际，传来了一楼卧室窗户碎裂的声音。肯普走到门边，蹑手蹑脚地拉开门闩，脸色比平日更显苍白。“你出门时动作要快。”肯普嘱咐道。一眨眼的工夫，埃迪已跨出大门，步入台阶，门闩又重新被拉回去合上。他迟疑了片刻，感觉背靠着门板上，内心才更加踏实。随后，挺起胸膛，大步流星地走下台阶。他穿过草坪，朝大门走去。似乎有一阵微风拂过，草木随之律动，恍如水面泛起层层涟漪。这时，不知何物正在他身旁移动。“你站住。”一个声音传来。埃迪顿时僵在原地，紧紧握住左轮手枪。

“干什么？”埃迪质问道。他面色煞白，表情凝重，全身神经紧绷。

“给我回屋里去。”那声音喊，语调与埃迪一样，紧张而严肃。

“恕难从命。”埃迪说着，用舌头舔舔嘴唇，嗓音有些嘶哑。他判断出那声音来自左前方。倘若开一枪，会否侥幸击中呢？

“你打算去干什么？”那声音问。忽然，两人都快步挪动身体，只见埃迪敞开的口袋里银光一闪。

埃迪停下脚步，若有所思。“我去哪里，”他慢吞吞地说，

“不关你事。”话音未落，埃迪的脖颈被一条胳膊勒住，后背则被膝盖顶着，整个人向后退去，仰面朝天跌倒在地。他笨拙地拔出手枪，胡乱扣动扳机。紧接着，他嘴上挨了一拳，那把手枪也被夺走。他挣扎着起身，伸手去拽对方的手臂，由于太过光滑没能抓牢，自己却又往后倒下。“该死！”埃迪咒骂道。那声音哈哈大笑。“若不是怕浪费子弹，我现在就一枪毙了你。”那声音说。埃迪看见那把手枪悬在六英尺远的半空中，正对着他。

“你想干吗？”埃迪坐起身说。

“起来。”那声音命令道。

于是埃迪站了起来。

“听着，”那声音说，语气变得更为凶狠，“别给我耍花招。记住，你根本看不见我，但我可以看清你的脸。快滚回那栋房子里去。”

“他不会让我进去的。”埃迪说。

“那真是遗憾，”隐身人说，“我懒得与你争辩。”

埃迪又舔了舔嘴唇。他将视线从枪口移开，望向远方的大海。只见正午阳光照耀下，海面泛出一片黛蓝的色泽。他还看见绿意盎然的平坦丘陵、洁白如雪的海角悬崖、人来人往的乡间城镇，刹那间感到生活是如此惬意。不久，他的目光又回到眼前这个六码之外悬浮于天地之间的小小金属物体。“要我做什么？”他绷着脸问。

“要你做什么？”隐身人反问道，“我会帮你的。你唯一要做的就是回屋去。”

“我会试试。如果他让我进门，你能答应我别擅自往里闯吗？”

“别给我废话。”那声音说。

肯普送走埃迪之后，便匆匆回到楼上。此刻，他正蹲在碎玻璃上，小心翼翼地透过书房窗台的边缘朝外面窥视。他发现埃迪站在那里，正和隐身人交涉。“他为何不开枪？”肯普自言自语道。随即，那手枪轻微晃动，一道反射的日光从肯普眼前闪过。他伸手遮住眼睛，试探着朝这道眩光的方向望去。

“肯定是这样！”他心想，“埃迪的枪被缴了。”

“答应我别擅自往里闯，”埃迪正说着，“你已胜券在握，不要欺人太甚。放他一条生路吧。”

“你快滚回房子里去。不妨告诉你，我不会答应你任何事情。”

埃迪似乎突然想通了。他转过身，双手靠在背后，慢慢向肯普家里走去。肯普盯着埃迪——百思不得其解。那把手枪时而消失，时而闪现。他定睛一瞧，这才看清有个小小的黑色物体跟在埃迪身后。顷刻间，形势急转直下。埃迪向后一跃，转身抓起那把手枪，不料再次失手。他随即双手向上扬起，脸朝下扑倒在地，半空中升起一缕青烟。不过，肯普并未听见枪响。只见埃迪扭动身躯，单手撑地想站起身，结果又向前跌倒，再也没有动弹。

埃迪就这样躺着一动不动，显得无能为力。肯普望着他，凝视许久。时至下午，天气闷热无比，四周万籁俱寂，唯有一对黄蝴蝶相互追逐着，穿过房屋与入口大门之间的灌木丛。埃迪躺在靠近门边的草坪上。山路两旁所有别墅都已垂下百叶窗，但有个白色的身影出现在一座绿荫环绕的凉亭里，那显然是个正在酣睡的老者。肯普仔细打量着房屋周围，想找寻左轮手枪的踪迹，可它已经彻底消失不见。他的视线又转向埃迪。看来这场游戏的开局颇为精彩。

这时，前门外铃声大作，还伴随着阵阵敲门声。两种声音交织在一起，越来越响，最终变得喧闹不已。然而用人们遵照肯普吩咐，都锁在各自房间里。不久，一切重新安静下来。肯普端坐在原地，侧耳细听，随后依次沿着三扇窗户向外窥探。他又走到楼梯尽头，惴惴不安地站在那里听。接着，他握住卧室的拨火棍作为武器，下楼检查底层窗户的插销是否锁好。一切都安然无恙。于是他返回瞭望台。而埃迪则仍像刚才倒地时那样，纹丝不动地躺在砾石坑边。此刻，女佣与两位警察正沿着别墅旁边那条路走来。

周围是死一般的沉寂。那三个人的步伐似乎格外缓慢。肯普很想知道眼下对手正在干些什么。

一阵碎裂声从楼下传来，他不由得大吃一惊，迟疑了片刻后赶忙下楼。忽然，整栋房屋都回荡着沉重的撞击声和木头的粉碎声。他听见哗啦一声，百叶窗的铁栓被砸断，咣当作响。肯普转动钥匙，打开厨房的门。就在这时，支离破碎的百叶窗朝屋里飞来。他站在一旁，惊得目瞪口呆。除了横梁之外，窗框大体完好无损，但只剩些许锯齿状的玻璃碎片，残存在窗格里。百叶窗是被斧头劈开飞进屋里的。现在，那把斧头正来回挥舞着，向窗框和防护铁栏砍去。霎时间，斧头往旁边一甩，消失得无影无踪。肯普看见那把左轮手枪正躺在外面的岔道上，转眼之间，那件小小的武器又蹿到半空。他见状连忙向后躲闪。手枪开火略迟一步，子弹击中正在关闭的房门，一块碎片刚好从肯普的头顶掠过。他砰的一声关上并锁好门，格里芬在门外不断大声喊叫，笑得近乎癫狂。紧接着，斧头又劈砍起来，碎裂声响彻耳际。

肯普在走廊边驻足，竭力理清思绪。很快，隐身人就将闯进厨房。这扇门抵挡不了多久，到时候——

前门的铃声再度响起，想必是警察到了。他快步跑向门厅，挂起门链，拉开门闩。在确认听到了女佣的声音后，他才放下门链。三个人挤作一团，踉跄着冲进屋里，肯普随即又把门关上。

“隐身人！”肯普说，“他有把手枪，还剩——两发子弹。他已将埃迪杀害，用枪。你们在草坪上没看见他吗？就躺在那里。”

“谁？”其中一位警察问。

“埃迪。”肯普回应道。

“我们是从后门绕过来的。”女佣说。

“哪里来的噼啪声？”一位警察问道。

“他正闯进厨房——可能已经在里面。他找到一把斧头——”

突然，隐身人劈砍厨房门板的声响变得震耳欲聋，回荡在整栋房屋。女佣朝厨房的方向张望，吓得瑟瑟发抖，急忙向餐厅撤退。肯普奋力想解释着什么，却始终语无伦次。不久，他们听见厨房门板被彻底劈开。

“这边走。”肯普喊道，立刻行动起来，一把将两位警察推到餐厅门口。

“拨火棍。”肯普叫嚷着冲到壁炉围栏前，把自己手里的拨火棍递给一位警察，又把餐厅里那根递给另一位警察。刹那间，他纵身向后一跃。

“啊！”一位警察惊呼，低头躲闪，用拨火棍挡住迎面砍来的斧头。与此同时，手枪射出倒数第二发子弹，直接将一幅价值不菲的西德尼·库珀[1]画作击穿。第二位警察用拨火棍砸向那件小小的武器，仿佛扑打黄蜂似的，咣当一声，将

1 西德尼·库珀（Sidney Cooper）：即托马斯·西德尼·库珀（一八〇三—一九〇二），英国维多利亚时代的风景画家，尤以描绘未开垦荒地中的牛羊等动物而著称。

它敲落在地。

眼看双方开始交手，女佣在壁炉旁尖叫起来，随后跑去掀开百叶窗——或许是打算从破碎的窗口逃出去。

斧头退回走廊里，悬停在离地两英尺高的半空。隐身人的喘气声清晰可辨。“滚远点，你们两个家伙，”他说，“我只要找肯普一个人。”

“我们要找的是你。”第一位警察说着，迅速跨步向前，抡起拨火棍朝那声音扫去。隐身人不小心撞到伞架上，想必是因为他被吓得连连后退。

那警察瞄准目标挥动棍棒之际，身体不由自主地来回晃动，隐身人趁机抄起斧头还击。警察的头盔遭受重创，如纸一般皱起，整个人翻滚着跌倒在厨房外楼梯口的地板上。另一位警察则握着拨火棍，从背后瞄准斧头猛地砸去，似乎击中某个软绵绵的物体，发出啪的一声。痛不欲生的尖叫随之传来，斧头应声落地。那警察望着眼前空荡荡的一切，拿起棍棒胡乱横扫，却什么也没打中。他一脚踩住斧头，再次一顿猛击。随后，他紧握拨火棍站在原地，仔细听辨周围一丝一毫的动静。

他听见餐厅窗户被打开，里面响起急促的脚步声。他的同伴翻身坐起，眼睛和耳朵之间淌着鲜血。“他在哪里？”躺在地板上的那位警察问。

“不知道。我刚才打中他。现在，他也许就站在门厅某个角落。如若不然，肯定从你身边溜走了。肯普博士——先生。”

无人应答。

“肯普博士。”警察再次呼喊道。

第一位警察开始挣扎着站起身。忽然，厨房楼梯上隐约响起赤脚走路的啪嗒声。“啊呀！”第二位警察叫道，不假思索地将拨火棍扔过去，结果砸坏一盏煤气灯的底座。

他似乎是要下楼去追赶隐身人，但转念一想，还是不追为妙，便走进餐厅里。

“肯普博士——”他开始叫喊，却又停住。

“肯普博士简直就是英雄。”同伴扭头看过来时，他感叹道。

餐厅窗户敞开着，但不见女佣和肯普的身影。

第二位警察对肯普的评价可真是言简意赅。

第二十八章　咎由自取

邻居希勒斯先生的别墅距离肯普家最近。围攻肯普住宅之际，他正躺在自家凉亭里酣睡。与少数顽固分子一样，希勒斯先生坚称隐身人之事纯属“一派胡言”。然而他妻子却深信不疑，这是他后来才知道的。他当时显得若无其事，坚持要去花园散步，还在那里睡午觉，这是他多年养成的习惯。邻居窗户被砸碎的时候，他还沉浸在睡梦之中。突然，他惊醒过来，觉察出一丝异样。他望了望对面肯普家的房屋，又揉揉眼睛，再次仔细打量。接着，他双脚垂地，坐在床边，侧耳细听。以为自己中邪了，但眼前奇怪的景象却是如此真切。那房屋看似已被废弃数周——历经劫难。窗户都支离破碎，内层百叶窗也悉数合上，唯独瞭望台书房的窗户敞开着。

“我敢保证”——他瞧着手表说——“二十分钟前，一切还好端端的。”

这时，远处传来有节奏的震动声，他还听见玻璃被砸碎的声响。正当他目瞪口呆地坐在那里时，一件更匪夷所思的事情发生了。客厅的百叶窗被猛地掀开，只见女佣穿戴整齐，一副出门的装扮，近乎疯狂地拼命将窗扇往上推。突然，有个男人出现在她身旁，跟她一起推——正是肯普博士！没过多久，窗户被打开，女佣挣扎着往外爬。她用力向前一扑，随即消失在灌木丛中。面对眼前这一幕幕怪象，希勒斯先生站起身，扯着嗓子含混不清地呼喊起来。他看见肯普站上窗台，纵身一跃而下，转眼之间就沿着灌木丛中的岔道飞奔而过。肯普弓着背，生怕被人发现似的，先是消失在一簇金链花丛后，很快又出现在视线中，奋力攀爬着毗邻丘陵开阔地带的篱笆。顷刻间，肯普已翻过篱笆，风驰电掣般奔下山坡，径直朝希勒斯先生家跑来。

“天哪！”希勒斯先生叫嚷着，顿时恍然大悟，“肯定是隐身人那个畜生在搞鬼！原来确有其事！”

想到这里，希勒斯先生决定马上采取行动。他的厨师站在顶楼窗口，望见他以九英里的时速朝家里狂奔而来，不由得大吃一惊。“我还以为他不害怕呢。”厨师说，“玛丽，快过来！”只听房门砰砰作响，与急促的门铃声交织在一起，还传来希勒斯先生如公牛般的咆哮。“快关门，快关窗，统统关上！——隐身人来了！”一眨眼的工夫，屋内充斥着尖叫声、命令声和慌乱的脚步声。希勒斯先生自己则跑去关闭通往阳台的落地窗。就在这时，肯普已从花园栅栏边探出脑袋，还有他的肩膀和膝盖。不一会儿，肯普费力地穿过芦笋地，横穿网球场草坪，朝希勒斯先生家跑来。

“你不能进来，”希勒斯先生说着插上门闩，“看来他在追赶你，我深表同情，但我不能放你进来！”

肯普一脸惊恐，紧紧贴在玻璃上，用手使劲敲打，随后推着落地窗疯狂摇晃。显然这么做根本无济于事，于是他沿着阳台跑向尽头，手撑着翻身而过，去敲侧门。紧接着，他绕过边上的闸门，来到房屋正前方，继而又奔上山路。希勒斯先生透过窗户向外张望——面露惧色——肯普刚离开其视线，他就发现芦笋地被一双看不见的脚踩得东倒西歪。见此情景，希勒斯先生仓皇地逃上楼，因而错过之后发生的追逐场面。不过，当他途经楼梯边的窗户时，听见侧门砰的一声被关上。

肯普踏上山路之后，自然而然地选择向山下跑。四天前[1]，他在瞭望台书房里望见有人在拼命奔跑，还嗤之以鼻。眼下，轮到他自己被追着跑起来。对一个平时缺乏锻炼的人而言，他还算跑得不错。尽管他面色苍白，大汗淋漓，但神志始终保持清醒。他迈着大步向前狂奔，哪里路面崎岖不平，哪里地上乱石硌脚，哪里玻璃碎片闪烁，他便往哪里跑，让紧随其后的赤脚隐身人自行择路而追。

肯普有生以来第一次感受到，迢迢山路荒凉得难以名

1 四天前：根据第十五章记述的时间计算，应为“两天前”，可能是笔误。

状，而山脚下的城镇更是如此遥不可及。再也没有比奔跑更缓慢、更痛苦的行进方式了。那一排排别墅全都沉浸在午后的阳光之中，看上去门窗紧锁，显得空旷寂寥。毫无疑问，民众之所以这么做——皆是听从他自己的指令。但无论如何，他们至少应当派人站岗放哨，以免此刻的意外发生！城镇逐渐映入眼帘，而大海已从背后的视线中消失，山脚下人声鼎沸。一辆有轨马车刚刚抵达山脚。再往前走便是警察局。身后传来的是脚步声？赶快跑吧。

山脚下的民众纷纷将目光投向肯普，有一两个人也在奔跑，而他开始变得气喘吁吁。这时，有轨马车已近在咫尺，快乐板球手旅店正准备关门，门闩吱呀作响。有轨马车另一侧摆着许多电线杆和碎石堆——应该是在修建排水工程。他曾想过跳上有轨马车，然后关门离开，但最终还是决定去警察局。转眼之间，他已从快乐板球手旅店的门前经过，来到炙热无比的街道尽头，四周人头攒动。有轨马车司机及其助手——看见肯普火急火燎的模样，感到好奇不已——目不转睛地站在那里观望，竟忘记给马匹上套。就连站在远处碎石堆上的挖土工，也露出诧异的神情。

肯普一放慢速度，就听见背后的脚步声迅速追来，只好再次向前飞奔。“隐身人！”他对着挖土工大声喊道，还做出模棱两可的手势比画方向。突然间，他急中生智，跳过挖掘现场，正好利用那些壮汉，抵挡追逐者的去路。随后，他打消了前往警察局的念头，转而拐进一条岔道，与蔬果商贩的推车擦肩而过，又在甜食店门前迟疑十分之一秒，紧接着朝另一处巷口奔去，从那里可以折回主干道希尔街。两三个孩子正在那里玩耍，撞见肯普古怪的身影，吓得尖叫着四散而逃。只见门窗立刻打开，焦急的母亲们纷纷探头张望。肯普再次冲进希尔街，那里距离有轨马车的站台仅三百码。他顿时发现周围喧闹不堪，人潮涌动。

他抬头朝通往山坡的街道望去。不足十二码远的地方，跑来一位身形魁梧的挖土工，一边嘟哝着骂骂咧咧，一边挥舞铁锹乱砍一通。紧跟在他身后的是双拳紧握的列车售票员。街道上的其他人都跟着他们俩，一路上拳打脚踢，大呼小叫。男男女女都向城镇的方向跑去，他还清楚地看见有个人手握棍棒，从商店里冲出门外。“散开！散开！”有人喊道。肯普忽然恍然大悟，原来这场追逐之战的形势已发生变化。他气喘吁吁地停下脚步，环顾四周。“他就在附近！”他大声叫嚷起来。“站成一排，挡住——”

“嗯哼。”有个声音传来。

肯普耳朵下方狠狠挨了一拳，顿觉头晕目眩。他竭尽全力转过身，想与那个看不见的敌手正面交锋。一站稳脚跟，就挥拳出击，可惜扑了个空。随后，他的下巴也遭受重拳，头朝下栽倒在地。接着，他的腹部被膝盖顶住，还有两只手拼命掐住他的喉咙，不过左右手的力气一大一小。他伸手扯住对方手腕，只听攻击者发出一声惨叫。这时，有个挖土工抡起铁锹，从他头顶横扫而过，随着一阵闷响，什么东西被击中了。他感到有一滴湿漉漉的液体落在脸上，掐住喉咙的手瞬间松开。肯普趁机扭动身躯，挣脱了束缚，抓住对方软弱无力的肩膀，顺势骑在那人身上。他把对方看不见的手肘按在地上。“我逮住他了！”肯普高声叫喊，“快来帮忙！快帮忙——抓住他！他倒在地上！揪住他的脚！”

顷刻间，众人蜂拥而上加入搏斗。倘若有不明就里的路人突然经过，没准会以为这里正在举行一场异常残酷的橄榄球比赛。肯普叫喊之后，便再也没人出声——只能听见拳打脚踢的声响，以及颇为粗重的喘气声。

隐身人铆足了劲，挣扎着将两三个对手甩开，双膝跪地准备起身。肯普在前方拼命钩住他，仿佛猎犬紧咬雄鹿。同时，十几只手对着隐身人胡乱拉扯，又撕又拽。忽然，列车售票员揪住隐身人的脖颈和肩膀，使劲把他向后拖。

这群人又扭打成一团，翻滚在地。我想，恐怕有人正野蛮地用脚乱踢。耳边传来声嘶力竭的吼叫：“饶命！饶命！”那声音迅速减弱，听起来奄奄一息。

“让开，你们这些傻瓜！”肯普用低沉的嗓音喝道，几位彪形大汉随即向后退去，“他受伤了，我跟你们说。快往后退！”

人群骚动片刻之后，围成一圈，中间腾出空地。一张张急切的面孔注视着肯普博士。只见他悬空跪在离地十五英寸之处，把两条看不见的胳膊按在地上。有位警察在他身后抓住看不见的脚踝。

“别让他跑了，”那个大个子挖土工喊道，手里握着血迹斑斑的铁锹，“他在装死呢。”

“他没装死，”肯普博士说着，小心翼翼地抬起膝盖，“我会抓着他的。”肯普脸上泛着瘀青和红肿。由于嘴角淌血，他说起话来含糊不清。他松开一只手，似乎在摸隐身人的脸。“嘴里全湿透了，”他话音刚落，又立刻叫起来，“我的天哪！”

他倏地站起身，转眼又在隐身人旁边跪下。众人摩肩接踵，彼此推搡着。伴随着沉重的脚步声，更多围观者纷至沓来，使人群更显拥挤。人们纷纷从屋里走出来，快乐板球手旅店的门也突然全都敞开。然而几乎所有人都默不作声。

肯普四处摸索着，他的手仿佛在虚无的空气中穿梭。“他没有呼吸了，”他说，接着又补充道，“已经摸不到心跳。他的肋部——啊！”

有位老妇人钻进大个子挖土工的胳膊底下探头张望，忽然间失声尖叫。“看那里！”她伸出满是皱纹的手指嚷道。

在场的所有人顺着她手指的方向望去，依稀可见一只手的轮廓。那只手绵软无力地搁在地上，像玻璃一样透明，无论是静脉、动脉、骨骼抑或神经，都清晰可辨。就在大家瞪大眼睛凝视之际，那只手逐渐变得浑浊，不再那么通透。

“喂！”警察叫道，“他的脚也显现出来了！”

就这样，这种不可思议的变化持续进行着，从手和脚开始，慢慢地延伸至四肢，再向身体的中心部位拓展，如同毒药在体内徐徐扩散。最先显形的是纤细的白色神经，勾勒出肢体灰蒙蒙的轮廓，接着出现玻璃状的骨骼和错综复杂的动脉，随后肌肉和皮肤也逐一显现。起初一切恍如迷雾般朦胧，但颜色很快浓重起来，变得不再透明。没过多久，他们可以看见伤残的胸部和肩膀，以及被殴打得面目全非的脸庞。

最终，围观人群让开道，使肯普得以站直身体。众人发现地上躺着一个三十多岁的年轻人，他一丝不挂，遍体鳞伤，模样惨不忍睹。他一头白发，胡须斑白——并非因年老变得灰白，而是罹患白化病的缘故——双眼则如同石榴石般泛出暗红的光泽。他双拳紧握，双目圆睁，一脸愤怒和沮丧。

“遮住他的脸！”一个人喊道，“看在上帝的份上，把他的脸遮住！”这时，三个孩子正从人群中挤上前来，被大人猛地拉住，掉头跑走了。

有人从快乐板球手旅店取来一张床单，盖在他身上，然后抬进了店里。

尾 声

故事到此为止，隐身人古怪而邪恶的实验宣告结束。倘若你想了解有关他的更多情况，不妨去斯托港附近的那家小旅馆，与那里的店主攀谈一番。旅馆招牌是一块空荡荡的木板，上面只画着一顶毡帽和一双靴子，其店名便是本书的书名。店主是个身材矮胖的小个子，鼻子隆起有如圆筒，头发又粗又硬，脸上红斑点点。如果你慷慨大方多喝几杯酒，他便会毫无保留地告诉你，那件事发生以后他所遭遇的一切，还会向你念叨律师们如何千方百计敲诈他，骗取从他身上发现的钱财。

“他们根本无法证明哪些钱属于哪些人，我可真走运，”他说，“还好他们没把我当成无主珍宝的占有者！我看起来像是会占有无主珍宝的人吗？后来，有位绅士每晚给我一枚几尼[1]，让我去帝国音乐厅里讲述这个故事——用我自己的话讲给他听——唯有一件事绝不能说。”

1 几尼（guinea）：英国在一六六三年至一八一四年所发行的货币，一七一七年起其价值等于二十一先令。

一旦你想贸然打断他滔滔不绝的回忆，可以问他故事里是否提及三本书稿。他会承认确实如此，随即义正词严地向你解释，人人都以为书稿在他手里！可是上帝保佑！他根本没有。“当我匆匆逃往斯托港时，隐身人已经把书稿取回藏起来了。都怪那个肯普先生到处造谣，使得大家以为是我拿走了书稿。”

随后，他会陷入沉思，用狡黠的目光打量着你，并忐忑不安地转动酒杯，没过多久便离开酒吧间。

他是个单身汉——向往一辈子单身，屋里从来见不到一个女人。他穿在外面的衣服都系着纽扣——这是理所当然的——但在更重要的隐私部位，比如衬裤背带，他仍习惯于用绳子代替。他经营着这家旅馆，虽无进取之心，但还算生意兴隆。尽管他行动迟缓，脑袋却很机灵。在这座村庄里，他因精明睿智、作风简朴而远近闻名。他对英格兰南部道路的熟悉程度，远比科贝特[1]更甚。

一年四季，每逢星期天早晨闭门歇业之际，以及每晚十点之后，他都会端着一杯兑了水的杜松子酒，走进酒吧间。放下酒杯后，他会紧锁房门，检查每一扇百叶窗，甚至钻进桌椅底下仔细打量。确信屋内只有他一人，才放心地解除橱

1　科贝特：指威廉·科贝特（William Cobbett，一七六三—一八三五），英国散文作家、记者、政治改革家，代表作《骑马乡行记》（*Rural Rides*，一八三〇）以随笔的形式详细记述其游历英国的所见所闻。

柜的门锁，从里面取出一只上了锁的盒子，开锁之后又用钥匙打开藏在其中的抽屉，最终拿出三本用褐色皮革装订的书稿，郑重其事地将它们摆在桌子中央。书稿的封面已严重剥落，还泛出藻绿色的斑痕——因为曾一度掉进水沟，有几页纸上的字迹被污水浸透，再也无法看清。店主在扶手椅上正襟危坐，慢悠悠地给一柄长长的陶制烟斗装上烟丝——同时得意扬扬地端详着眼前的书稿。然后他将其中一本拉到自己面前，开始仔细研究——把书稿翻过来又翻过去。

他眉头紧锁，一脸苦相地翕动嘴唇。“好神奇，两个数字二悬挂半空中，还有‘x’形记号，以及一堆乱七八糟的字符。天哪！他真是个聪明绝顶的人！”

不一会儿，他就放松下来，靠在椅背上，嘴里吞云吐雾。他眯缝着眼，透过烟雾看着那几件别人看不见的宝贝。“一切都是秘密，”他说，“无与伦比的秘密！”

“一旦我能掌握其中奥妙——天哪！”

“我绝不会像他那么干。我只要——嗯！”说罢，猛地吸一口烟。

就这样，他进入梦乡，那是终其一生都享受不尽的永恒美梦。尽管肯普仍在不断打探消息，但除了店主本人，没人知道这些书稿的下落，更无从知晓其中记载的隐身之谜，以及许多匪夷所思的奇闻异术。恐怕店主离世之前，这一切都将是不为人知的秘密。

译后记

> 我不过一个影，要别你而沉没在黑暗里了。然而黑暗又会吞并我，然而光明又会使我消失。
>
> ——鲁迅《影的告别》

隐身，或许是自古以来人们都梦寐以求的能力。来无影，去无踪，承载着千姿百态的诉求和欲望。早在东西方的各种古典传说里，这种超凡技能就得到了淋漓尽致的彰显。希腊神话中的冥王哈迪斯（Hades），头戴独眼巨人铸造的隐形头盔，在诸神之战中击败泰坦（Titan）。宙斯之子珀耳修斯（Perseus）亦是在隐形头盔的帮助下斩杀蛇发女妖美杜莎（Medusa）。而纵观中国的神怪故事和武侠奇谈，隐形化身法术也是屡见不鲜，最耳熟能详的莫过于《封神演义》中太乙真人的“隐身符”，被哪吒用以对付东海龙王。

然而真正使“隐身”超脱玄幻空想，成为科幻创作母题的，当属英国作家赫伯特·乔治·威尔斯（H. G. Wells）的代表作《隐身人》（*The Invisible Man*）。这部作品出版于一八九七年[1]，彼时正是欧洲科学技术革新的鼎盛时期，尤其是X射线和无线电波的发现，使物体透视和声音远程传播成为可能，因而有关“隐身”的探讨逐渐趋向更具科学内涵的维度。

威尔斯向来热衷面向大众的科学书写，认为爱伦·坡（Edgar Allan Poe）和柯南·道尔（Arthur Conan Doyle）那种抽丝剥茧式的推理创作“堪称典范”。他擅长用深入浅出的笔调，将看似枯燥的理化知识融会于字里行间。小说中，他借主人公格里芬之口，充分调动光学和生理学的背景概念，洋洋洒洒地向读者普及他眼中隐身的“几项基本原理”，寓科学于文学，配以缜密的逻辑推演，读来饶有兴味。

虽然在小说前半部分，格里芬始终以匿名“陌生人”的面目现身，但其作为“实验科学家”的形象早已揭示。从数不胜数的试管，到气味刺鼻的药剂，从写满公式的日记，到灯光闪烁的仪器，种种物象作为贯穿情节的关键符码，形塑着隐身的“科学”。在与昔日同窗肯普博士的对话中，格里芬进一步强调隐身并非不切实际的超自然现象：

> 肯普思索片刻。“这太可怕了，”他说，“可是什么魔法能让人隐身呢？”

---

1 一八九六年三月至六月，威尔斯撰写短篇小说《车马旅店的人》（*The Man at the Coach and Horses*），因不甚满意而进行修改扩充，最终于次年完成《隐身人》的创作。

“不是魔法，而是方法，一种合情合理又明白易懂的方法——”

置身于那个科学革命蓬勃演进的年代，威尔斯将文学幻想与科学分析巧妙结合，赋予虚构故事以坚实的理性依托，营造出逼真可信的阅读效果。

不过，抛开这层科普表象，《隐身人》的创作意图恰恰体现在“科学”背后。迥异于威尔斯另外两部同时期代表作《时间机器》（*The Time Machine*，一八九五）和《星际战争》（*The War of the Worlds*，一八九八）的（反）乌托邦架构，《隐身人》的主体背景设定于英国南部的平凡村庄和港口城镇，既非时空错置的恣意畅想，亦无遥望宇宙的恢宏场面。威尔斯用狄更斯式的现实主义笔调，塑造了一系列市井人物和生活场景，并随着情节推进，着重刻画天才物理学家格里芬的沉沦历程，从而审视科学与人性的复杂纠葛，流露出对科学无限发展的忧虑。

诚然，文学史上不乏科学研究者的堕落形象。玛丽·雪莱的《弗兰肯斯坦》（*Frankenstein*，一八一八）和罗伯特·史蒂文森的《化身博士》（*The Strange Case of Dr. Jekyll and Mr. Hyde*，一八八六），皆是珠玉在前。无论是丧心病狂的科学怪人，抑或双重人格的变身怪医，都能在格里芬身上找到些许相似的写照。但《隐身人》的独创意义在于将科学家的自我毁灭置于更深沉的道德困境和社会反思之中。

格里芬的罪恶并不在于发明实现“隐身”的方法——科学本身并无过错，而在于“隐身”所导致的诸种后果。其实，早在柏拉图的《理想国》（*The Republic*）里，格劳孔就向苏格拉底讲述过这样一个故事：吕底亚人古各斯的祖先在牧羊时突遇暴雨，于天崩地裂处寻得一枚戒指。牧人集会之际，当他将戒指上的宝石转向手心，别人就看不见他，一旦朝外转动便能重新现形。这一隐身幻术屡试不爽，于是他借此勾引王后，与其合谋弑君，最终夺权。格劳孔假设，倘若正义与不义之人各戴一枚戒指，皆能随欲而为，那么两者可能会做出相同选择。他认定，若无道德律令约束，没有人心甘情愿去做正义之事。这一论断与小说中斯托港畔那位水手向流浪汉马维尔的感叹何其契合：

> 如果他想抢劫——谁能拦得住他？他可以到处乱闯，可以入室盗窃，还可以越过警察设置的警戒线，就像我们从瞎子眼皮底下溜走一样容易！没准容易得多！

值得注意的是，一八九七年《隐身人》伦敦单行本第一版的扉页上，除了书名之外，还有一行用哥特字体印刷的副标题：“怪诞传奇”（*A Grotesque Romance*）。这个标新立异的体裁，似乎在影射导致格里芬悲剧命运的重要根源。

格里芬出身卑微，尽管他才华横溢，却始终是科学界的局外人，在尔虞我诈的学术圈，饱受不公正体制的伤害，不再愿意公开发表成果，最终走上这条“怪诞”的研究之路。他生活拮据，不得不偏居陋巷，甚至偷窃父亲的钱财购置实验仪器。这与他的同侪肯普博士形成鲜明反差，后者并无多少学术创举，但身份体面，受人尊重，坐拥豪宅，还有用人照料，正在争取皇家学会的头衔荣誉。

不仅如此，格里芬也是被社会疏离的独行者。他身患白化病，在那个时代注定遭到旁人歧视。悲哀的是，为了保持隐身状态，他必须忍饥挨饿，衣不蔽体。他四处寻找合适的衣服、鞋靴、假鼻子和墨镜，不顾一切地使自己能够合理“显形”，只为寻回文明社会最根本的尊严。自小说开篇起，格里芬的“怪诞”装扮就成为众矢之的，人们纷纷另眼相看，甚至连孩童都对他厌恶不已。格里芬带着不被世人理解的孤独，终于向肯普道出“隐身”的初衷：

> 我豁然开朗，眼前清晰地浮现出隐身术给人类社会带来的壮阔前景——神秘、权力、自由。毫无任何缺点可言。你想想看吧！而我这样一个乡村学院的小小助教，衣衫褴褛，穷困潦倒，饱受约束，还成天给一群蠢货讲课，转眼间有可能成为——那

样的人。

在他看来，一旦掌握隐身的本领，便可颠覆令他感到压抑的现实，冲破横亘在他身上的阶级桎梏。可他没有料到，隐身并没有让他享有这一切，反而让他遭受一次又一次的阻挠和背叛。这便是他企图推翻统治、建立“恐怖帝国”、开启隐身人“新纪元”的根本动因。最终，自诩为“隐身人一世”的格里芬在自己狂妄的野心和非法的欲望中迷失方向，颇似王尔德笔下的“道林·格雷”（Dorian Gray），深陷出卖灵魂、道德沦丧的邪路。故事结尾处，格里芬微弱地喊出最后一声“饶命”，不知他是否已经感到懊悔，但终究为时已晚。从天才到怪客，他的所作所为丝毫不值得怜悯，但他的心路历程却又如此让人唏嘘：

> 我脑海中浮现出人人梦寐以求的那些东西。毫无疑问，凭借隐身术，它们皆唾手可得。但也正因为隐身，即便得到也无福消受。

一百多年过去，小说中的隐身方法至今仍未得到印证，但这场悲剧留下的谜团依然在叩问我们的内心，你真的愿意拥有隐身的能力吗？殊不知，我们已经以另一种方式实现“隐身”——在互联网构筑的虚拟空间中，我们随时能将自己设置为隐身状态，轻而易举地变成匿名写手或看客，在“可见”与“不可见”之间自由切换。在享受各抒己见的酣畅之余，我们其实也与格里芬一样，时刻面临着道德的抉择，甚至还需应对更为错综复杂的舆论场域和社会生态。我们是否还能始终保持理性，坚持内心的良知与正义？

《隐身人》出版之后，威尔斯创造的“隐身”意象在许多现代文学作品中产生回响。D. H. 劳伦斯的心理小说《虹》（*The Rainbow*，一九一五）便是其中一例。主人公厄休拉望见周围人群的身影，认为他们不过是行尸走肉，“她此刻忽然想起‘隐身人’，他隐没在黑暗中，只有披上衣服才能被人看见”。纳博科夫也对威尔斯推崇备至，视其为“这个时代最伟大的小说家和魔术师”。在他的第一部英文小说《塞巴斯蒂安·奈特的真实生活》（*The Real Life of Sebastian Knight*，一九四一）中，《隐身人》就出现在塞巴斯蒂安的书架上。拉尔夫·艾里森（Ralph Ellison）的同名小说《看不见的人》（*Invisible Man*，一九五二）更是以“隐身”暗喻黑人群体的生存状态，在美国文坛产生深远影响。博尔赫斯（Jorge Luis Borges）曾如是评价，威尔斯的“隐身人”就是“我们孤独与恐惧的象征”。

写到这里，我不禁想起翻译学者劳伦斯·韦努蒂（Lawrence Venuti）那本有关“隐身”的著作——《译者的隐身：翻译史论》（*The Translator's Invisibility: A History of Translation*）。

他用“隐身”一词来概括译者的处境。长期以来，翻译被视为纯粹的语言转换行为，旨在忠实地传递原作的信息。人们渴望在阅读译文时如同欣赏原文一般，看不见任何翻译的痕迹，继而产生“透明”翻译的错觉（illusion effect of transparency）。这种使译者“隐身”的想法，使翻译始终处于文化的边缘地位。然而翻译真的能完全“透明”吗？译者在作者和读者之间，究竟扮演着怎样的角色呢？这不仅涉及翻译的操作策略，更关乎我们对翻译本质的认识。韦努蒂基于文化批评的立场，指出翻译不只“求同”，还需“存异”，并揭示译者在译文生成过程中的创造性作用。倘若我们将视角置于不同时代的社会文化语境中，回望翻译的历史，便不难发现：翻译作为一项跨文化交际活动，对传播异质文化、重构文学经典、形塑诗学话语都具有关键性意义。

这套威尔斯经典科幻小说系列的翻译自二〇一六年开始陆续推进，《隐身人》是继《时间机器》和《星际战争》之后的第三本。在此期间，我也在持续着自己的科幻文学翻译研究工作，兴趣与日俱增。据考证，一九一五年，民国报人吴鼎（定九）和同为南社社员的戴克谐（蔼庐）就曾以“人耶非耶”为题，最早译介过这部小说。能够担当译者，重新诠释百年前的名作，我由衷地感到荣幸，同时也深知“一名之立，旬月踌躇”的不易。我愿将这段翻译历程视为学术探索的一部分，斗胆“现身”，希望能够在译文之外，通过较为细腻的注解，带给读者独具特色的阅读体验，展现翻译文学历久弥新的价值和魅力。

顾忆青

二〇二〇年四月于上海外国语大学

赫伯特·乔治·威尔斯
Herbert George Wells

英国作家、历史学家，生于肯特郡，就读于皇家科学院（帝国理工学院前身），师从博物学家托马斯·亨利·赫胥黎学习生物学，深受进化论影响。

与儒勒·凡尔纳并称为“科幻文学之父”，因其作品内核饱含对科技发展的担忧与社会问题的讽刺，又被誉为“科幻界的莎士比亚”。曾于一九二一年、一九三二年、一九三五年和一九四六年分别获诺贝尔文学奖提名。

代表作有《时间机器》《隐身人》《星际战争》《世界史纲》等。

顾忆青

青年译者，翻译学博士在读。

上海外国语大学助理研究员，英国曼彻斯特大学访问学者，中国比较文学学会翻译研究会会员。研究方向为中国翻译史、中外文学关系、科幻文学。

译作有《时间机器》《星际战争》《隐身人》《解析瓦尔特·本雅明〈机械复制时代的艺术作品〉》《关于英吉利国的书信》等。

赫伯特·乔治·威尔斯

经典科幻小说

《时间机器》

《星际战争》

《隐身人》

隐　身　人

产品经理 | 孙　谆　　装帧设计 | 何月婷
陈顺先　　技术编辑 | 白咏明
产品总监 | 阴牧云　　出 品 人 | 吴　畏

图书在版编目（CIP）数据

隐身人 / (英) 赫伯特・乔治・威尔斯著；顾忆青译. -- 天津：天津人民出版社, 2020.11
ISBN 978-7-201-16456-4

Ⅰ. ①隐… Ⅱ. ①赫… ②顾… Ⅲ. ①幻想小说－英国－现代 Ⅳ. ①I561.45

中国版本图书馆CIP数据核字（2020）第185724号

隐身人

YINSHENREN

出　　版　天津人民出版社
出 版 人　刘　庆
地　　址　天津市和平区西康路35号康岳大厦
邮政编码　300051
邮购电话　022-23332469
电子信箱　reader@tjrmcbs.com

责任编辑　张　璐
特约编辑　康嘉瑄
产品经理　孙　谆　陈顺先
装帧设计　何月婷

制版印刷　北京盛通印刷股份有限公司
经　　销　新华书店
发　　行　果麦文化传媒股份有限公司
开　　本　880毫米×1230毫米　1/32
印　　张　7.25
印　　数　1-6,500
字　　数　133千字
版次印次　2020年11月第1版　2020年11月第1次印刷
定　　价　42.00元